पंखवाली नाव

पंकज बिष्ट

राजकमल प्रकाशन

ISBN : 978-81-267-1733-0

मूल्य : ₹495

पहला संस्करण : 2009
तीसरा संस्करण : 2022

प्रकाशक : राजकमल प्रकाशन प्रा.लि.
1-बी, नेताजी सुभाष मार्ग, दरियागंज
नई दिल्ली-110 002

शाखाएँ : अशोक राजपथ, साइंस कॉलेज के सामने, पटना-800 006
पहली मंजिल, दरबारी बिल्डिंग, महात्मा गांधी मार्ग, प्रयागराज-211 001
36 ए, शेक्सपियर सरणी, कोलकाता-700 017

वेबसाइट : www.rajkamalprakashan.com
ई-मेल : info@rajkamalprakashan.com

मुद्रक : बी.के. ऑफसेट
नवीन शाहदरा, दिल्ली-110 032

PANKHWALI NAAV
Novel by Pankaj Bisht

पंखवाली नाव

कैक्टस वाला बँगला

"सिर्फ बिगुल बजने भर की देर है।"

स्वदेश जी की नजर और हाजिर जवाबी का मैं कायल रहा हूँ। उनमें चीजों के मर्म को पकड़ने और अपने ही तरीके से व्याख्यायित करने की विलक्षण प्रतिभा रही है। यह ऐसी वर्चुअल रियलिटि थी जिसने दस साल के अन्तराल को चुटकियों में फाँद दिया था। तब इस तरह की चमत्कारी टिप्पणियाँ रोज ही सुनने को मिलती थीं—काम के दौरान, चाय के साथ, लंच में, यहाँ तक कि क्लाइंटों के साथ की मीटिंगों में भी। पर वे पुरानी बातें थीं—बारह-तेरह साल पीछे इतिहास के गुहर में घसीट ले जाने को उद्धत।

स्मृति के दूर-दूर तक फैले खंडहरों के बियाबान में हम अकस्मात यहाँ टकरा गए थे। बीच की यात्राओं की अपनी-अपनी कहानियाँ थीं, जो अलग होते हुए भी मूलतः एक थीं—बहुत प्रत्याशित और सपाट। विगत के इस पिटे खेल को हम पिछले दो दिन से ऐसे प्राणहीन

रियलिटि शो की तरह खेल रहे थे, जिसका यथार्थ उसकी नाटकीयता को ढक देता है पर संचालित अन्ततः नाटकीयता से ही होता रहता है।

छावनी के नजदीक की कालोनी थी। मकान वाकई बाँकुरों की तरह सजे थें। मैं हँसे बिना नहीं रह सका था।

जवाँमर्दी और अमरत्व की माया के तगमों से सजे योद्धाओं के नामों की कतार के बीच से गुजरना, राजकीय यात्रा पर आए किसी राष्ट्राध्यक्ष के सम्मान में सजी परेड के मुआयने का आनन्द दे रहा था। अजीब रुतबा था : काले-भूरे चिकने इटेलियन मार्बल और मकराना पत्थर पर खुदे मेजर जनरल, ब्रिगेडियर, लेफ्टिनेंट कर्नल, मेजर, कैप्टेन और इक्के-दुक्के लेफ्टिनेंट, औदार्य रंगों में जगमगा रहे थे। अधिकांश का अन्त रिटायर्ड में हो रहा था। कुछ नामों के नीचे सूत्रीकृत-सम्मान, शौर्य की महा-गाथाओं के ठोस सरकारी प्रमाण थे।

हमने गली के छोर पर ही ऑटो छोड़ दिया था। गो कि मैं पेंटिंग साथ लाया था पर वह इतनी भी बड़ी नहीं थी कि उठाई न जा सके। जिस मकान के आहते में हमने प्रवेश किया, गेट पर कुछ नजर नहीं आया था! या फिर आधुनिक रसायनों की सारी चमत्कारिकता के बावजूद वह इबारत, समय की काली-कीमियागिरी से, मात खा गई थी। न नाम, न ही नम्बर! पर आगे पीछे के नम्बरों से रिक्त स्थान की पूर्ति मुश्किल नहीं थी। आसपास फैली जमीन के अनुपात में, जिसमें एक किचन गार्डन, फूलों के कुछ लावारिस पौधे, कैक्टस और दो पेड़ नजर आ रहे थे, मकान ज्यादा ही सिमटा महसूस हो रहा था। एक पेड़ लीची का होगा, मैंने सोचा। अनुपम ने बतलाया था, इसकी लीचियाँ बहुत मीठी होती हैं। फूलों का मौसम खत्म हो गया था। शायद लीचियों का भी। कुछ हों, किसी ने जैसे प्रेरित करने के लिए मेरे कानों में चुपके से कहा। मन में दस-बारह साल पहले कभी सुनी और स्मृति में अब तक सँजोई उस मिठास को ढूँढ़ निकालने की इच्छा जोर मारने

लगी। एक गंवाड़ी बच्चे ने मुझे ठेलकर लगभग बचपन के मुहाने पर पहुँचा दिया था। दौड़कर पेड़ पर चढ़ जाने की बलवती इच्छा किसी तरह दबाई। बचपन में ऐसे न जाने कितने पेड़ों पर मैंने कूद-फाँद की थी।

जैसे-जैसे हम बढ़ रहे थे यथार्थ के कुछ दूसरे ही रंग सामने आने लगे थे। उम्र की मार से बिखरते बचे-खुचे बेशर्म हजारी के फूल बढ़ती गर्मी के उस अपराह्न को अनावश्यक ही बेरंग बना रहे थे। सम्भवतः हम लोग ही बड़े मकानों के इतने मुरीद हो गए हैं कि खाली जमीन सह नहीं पाते। कोई प्रत्यक्ष टूट-फूट कहीं नहीं थी, पर उसके थके-से रंग को जीर्णता किसी गम्भीर बीमारी की प्रेत-छाया की तरह अपनी उपस्थिति से सहमा रही थी। कहना मुश्किल था कि मौसम से पिटकर कभी का चटख पीला रहा रंग यह रूप ले चुका है या फिर सफेद इस कदर बदरंग होकर बीमार आभास में बदल चुका है। जो भी हो, मकान को जिस तरह की देखभाल की जरूरत थी, वह हो नहीं पा रही थी। यह भी हो सकता था कि आसपास के बँगलों के वैभव की अकड़ और समकालीन वास्तुकला के छिनालपन में इस मकान की नफीस सरल, पर पुरानी, भव्यता और शालीनता दब गई हो। कितना आनन्ददायी था कि दीवारों से बँधे स्पेस के अनुपात से कई गुना स्पेस, बन्द होने के आभास से मुक्त होने के लिए मौजूद था।

पहचान का सबसे बड़ा चिह्न, जो हमें बतलाया गया था—बँगला है अंग्रेजों के जमाने का, और साथ में जोड़ा गया था, कोई अंधा भी खोज सकता है। शहर में मेरे या कहना चाहिए बाबूजी के कई परिचित अभी भी थे। कई इस परिवार को जाननेवाले भी, इसलिए उन्होंने मुख्य सड़क से मकान तक की दूरी डेढ़ सौ कदम, लकड़ी का पुराना गेट और लीची का विशाल पेड़ समेत लगभग सब कुछ बता दिया था। सौभाग्य से हमारे पास आँखें भी थीं, और वे भी दो जोड़ी। इसी विश्वास से सराबोर मैं कैक्टस की तरह-तरह की किस्मों से लदे बरामदे

की दो सीढ़ियाँ चढ़ गया था। कैक्टस के गमले सीढ़ियों के साथ-साथ चलकर खुले बारामदे में दोनों दिशाओं में बढ़ते हुए ड्रिल के-से फार्मेशन की अनुशासित पंक्ति की तरह मेढ़ बन गए थे। ढलवाँ छत की लकड़ी की शहतीर पर लटके तरह-तरह के कैक्टसों को देखकर न जाने क्यों बेजान परिन्दों के जम जाने का-सा आभास हो रहा था : अन्तहीन बंजर के ऐसे वीरान मकान में जिसके बाशिंदे एक दिन सब कुछ यथावत छोड़कर लापता हो गए हों। कभी की जानदार वस्तुएँ प्राणहीनता में ठहर गईं थीं। वैसे भी मुझे कैक्टस की हवा-पानी से बेजारी कभी नहीं भाती है। यह पौधा उर्वरता के संघर्ष का नहीं रेगिस्तान की आसन्नता का संकेत देता महसूस होता है।

यहाँ तक कि मुख्य दरवाजा भी कैक्टस से अलंकृत था। मैंने उस ओर ज्यादा ध्यान न देकर घंटी बजा दी थी। चार-पाँच मिनट के अन्तराल पर दो बार घंटी बजाने के बाद तीसरी बार हाथ बढ़ने जा ही रहा था कि चिटकनी की आहट ने रोक दिया। बीच चौखट पर एक छाया आ गई थी। अब भी बीच में जाली का दरवाजा था, जिसके छिद्र समय की धूल और न जाने कब के रंग-रोगन से इस कदर सँकरे हो गए थे कि सिर्फ अन्दाजा लगाया जा सकता था कि उस ओर की छवि महिला की होनी चाहिए। उसने हैंडिल थामा हुआ था, सम्भवतः अतिरिक्त सावधानी में। किसी कांठी सरकारी चपरासी की तरह बिना एक भी शब्द अनावश्यक बोले उनकी नजर हमें एक्सरे किरणों-सी भेदती प्रतीत हो रही थी, बोलिए, वाले अन्दाज़ में।

मैंने ही कहा था, "हम श्रीमती कुमार से मिलना चाहते हैं।"

"किससे मिलना चाहते हैं?" सम्भवतः स्थिति की गम्भीरता के दबाव में या फिर विनम्रता की सजगता में मेरी आवाज ज्यादा ही धीमी हो गई थी। यह भी सम्भव था कि वह कान से कम सुनने लगीं हों, इसलिए नाम को लेकर आश्वस्त हो जाना चाहती हों। पर जिस स्वर में प्रश्न किया गया था, वह खासा हतोत्साहित करनेवाला था।

"श्रीमती कुमार से?" मैंने गला साफ करते हुए थोड़ा ऊँची आवाज में दुहराया।

"कौन हैं आप?" उनका अगला प्रश्न असामान्य रूप से रूखा था। अभद्रता की हद छूता। मध्यवर्गीय समाज की किसी सम्भ्रान्त महिला से इस तरह के व्यवहार की अपेक्षा सामान्यतः नहीं रहती।

"हम उनके परिचित हैं।" मैंने नम्रता से जोड़ा।

"परिचित माने?" किसी हवलदार ने अपना बेंत पूरी ताकत से पीठ पर दे मारा था।

मैं तिलमिला गया। क्या चोर-उचक्कों और हम में अन्तर नहीं होगा? देखा, स्वदेश भी उतने ही हत्प्रभ मुझे ताक रहे हैं—लौट चलें? वाले अन्दाज में। पर मन मानने को तैयार नहीं हुआ। इतना गलत नहीं होना चाहिए। इसलिए मैंने उम्मीद नहीं छोड़ी, "मेरा नाम विक्रम है। आप मुझे पहचानीं या नहीं विक्रम सिंह, दिल्ली से।" बिखरते आत्मविश्वास के कारण मेरे वाक्य सिलसिला नहीं बना पाए थे।

उन्होंने उसी ठंडेपन से पूछा, "और ये?"

"ये मेहता जी हैं, स्वदेश मेहता।" और किसी तरह जोड़ा, "हम लोग दिल्ली से..." पर वाक्य पूरा होने से पहले ही जाली का दरवाजा खुल चुका था। वह हटकर खड़ी हो गई थीं। यह छोटे-मोटे सौभाग्य जैसा कुछ था। एक और प्रश्न करतीं तो शायद हम टिक नहीं पाते।

हमें बिठाकर बिना कुछ बोले, वह अन्दर चली गईं। बाहर की चटक रोशनी के बाद अन्दर के धुँधलके ने आँखों को भ्रमित कर दिया था। शायद वोल्टेज कम होगा। वह बल्ब जला गई थीं, जो लम्बे तार पर औंध लटका हुआ था। ट्यूब खराब भी हो सकती थी। मेहता जी सेंटर टेबुल से टकराकर लड़खड़ा चुके थे। वह बिजली जला गईं थीं और पंखा भी। छठे दशक का भारी मोटर वाला पंखा किसी बीमार सूमो पहलवान की तरह कराहता गति पकड़ने की कोशिश करने लगा था। हम इस कदर विभ्रान्त थे कि थैंक्स की औपचारिकता तक

निभाना याद नहीं रहा। सम्भवतः शालीनता की पारस्परिकता की अपनी न्यूनतम शर्तें हुआ करती हैं।

पंखे का, चलने की शुरूआती पीड़ा का, अर्त स्वर उदास लय में बदल चुका था। मेरी बेचैनी बढ़ती जा रही थी। कौन हो सकती हैं? समझ नहीं आ रहा था। 12-13 साल पहले ही सही, पर चूँकि मुलाकात हुई थी, इसलिए विश्वास था कि देखते ही पहचान लूँगा। सम्भव है, उनकी बहिन या कोई और सम्बन्धी हों। स्मृति का सी.पी.यू. उस छवि को सर्च करने की कोशिश करता रहा जो किसी लापरवाह मौके पर डिलीट हो गई लगती थी। अब आएँगी, मैंने फुसफुसाकर स्वदेश जी को आश्वस्त किया था। पर जिस तरह की चुप्पी वह ओढ़े थे, धैर्य के चुकने का संकेत थी। यहाँ आने में उनकी कोई खास रुचि थी भी नहीं। होती भी क्यों! उनका सम्बन्ध पेशेवराना रिश्तों से अलग कुछ था भी नहीं। मिलने आए थे तो सज्जनता व मानवीयता के कारण। और संयोग के तहत। किसी कान्फ्रेंस में आए हुए थे और कल यूँ ही टकरा गए थे। बाबूजी की तबियत कुछ खराब चल रही थी मैं गाँव उनसे मिलने चला आया था। चार साल से इस ओर आना भी नहीं हो पाया था। सोचा इसी बहाने अनुपम की माता जी से भी मुलाकात कर लेता हूँ जो ओवर ड्यू थी। गाँव से यहाँ तक ऐसी कोई दूरी भी नहीं थी। कुल तीन घंटे का रास्ता था, टैक्सी से।

पोलिथिलीन की हरी बोतलों व गिलासों के साथ जो महिला लौटीं थीं और ट्रे को सेंटर टेबुल में रखने के बाद सामने बैठने का उपक्रम कर रही थीं, वह कोई और नहीं थीं।

गलत अपेक्षा ने मुझे हैरान कर दिया।

मैंने जल्दी से गिलास भरा और एक ही साँस में पी गया। अजीब बात थी। पिछले डेढ़ दशक में न जाने कुछ ऐसा क्या बदल गया था कि पहचान के किसी भी चिह्न को समेटकर जोड़ पाना कठिन हो रहा था। सामने सिर्फ किरचनें थीं स्मृतियों और सन्दर्भों की, बेतरतीब

टूट गए किसी काँच के पात्र की तरह, जिन्हें कोई रूप देना नामुमकिन था। इतने कम अन्तराल पर दुनिया, जहाँ बदलती है, इतनी ज्यादा बदल सकती है, हैरान करनेवाला था। सम्भवतः बदलाव का भौतिक रूप से परे जो स्तर होता है, पदार्थ के बाहरी तौर पर यथावत रह जाने के बावजूद, उसकी संप्रेषणीयता में असाध्य अर्थ-क्षय कर देता है। रेत पर पड़े चिह्नों की तरह, जो बिना किसी तूफान के भी अपना रूप खो देते हैं। या फिर किसी भी चीज का होना न होना व्यक्ति की निजी दुनिया में उसकी अपनी अर्थवत्ता बनाए रखने की सामर्थ्य से जुड़ा होता हो। यह भी हो सकता है कि वस्तुओं की पहचान का असली आधार उसके समकालीन सन्दर्भों और सरोकारों से निर्धारित होता हो।

"मेरी आप से..." मैंने अन्ततः चुप्पी तोड़ने की कोशिश की।

"हाँ, मुझे याद है। अनुपम आपके बारे में बहुत सारी बातें करता है।" सौभाग्य से उन्होंने वह वाक्य जिसे लेकर मैं उहापोह में था, पूरा नहीं करने दिया और मुस्कराकर पूछा, "आप तो शायद मुम्बई में हैं?"

उनके स्वर के वात्सल्य और उष्मा ने 13 साल के अन्तराल में खप गयीं प्रतीत होती सारी पहचानों को किसी तिलस्मी मन्त्र की तरह जिला दिया था।

"जी मुम्बई में, ओ.बी.सी के साथ।" मुझे प्रसन्नता हुई कि उन्हें मेरे बारे में अद्यतन जानकारी है, "असल में मैंने दिल्ली इसलिए कहा कि आप पहचान सकें।" लगा वह कह रही हैं, सही क्यों नहीं बतला रहे हो। "वैसे मैं अपने को दिल्ली का ही मानता हूँ। वहीं मेरे शुरुआती वर्ष बीते हैं। वहीं लौटना भी चाहता हूँ।" मैं उत्साह में कुछ अतिरिक्त बोल गया था।

"ओ.बी.सी माने?" उन्होंने मुस्कराकर पूछा।

"ये नॉन पोलिटिकल अक्षर हैं : ओलिवर बेंसन कम्पनी। विदेशी मल्टीनेशनल है।" मैंने हँसकर कहा, "पर हैं अजीब अक्षर, मात्र तीन,

पर आज की पूरी भारतीय राजनीति व समाज के तनाव को बतलाने के लिए काफी।''

''लगता है विज्ञापन में बड़े पैमाने पर विदेशी पैसा आ रहा है।'' उनके स्वर में गम्भीरता थी, ''आजकल सब कुछ मल्टीनेशनल है। विज्ञापन में विदेशी कालोबरेशन समझ से परे है। क्या हमारे यहाँ प्रतिभाएँ नहीं हैं?''

मैं हँसा था, ''आप सही कह रही हैं। पर मसला पैसे का है। फिर भी ऐसी कोई जरूरत नहीं है।'' लगा वह अप्रत्यक्ष रूप से अपने बेटे की प्रतिभा को रेखांकित कर रही हैं। जो गलत भी नहीं था। मैंने भी अप्रत्यक्ष ही उनकी बात की ताकीद की थी।

अचानक देखा कि कुछ भी नहीं बदला था। सब कुछ अजीब-सा हो रहा था। एलिस के वंडरलैंड की तरह, उस गर्म दोपहर में, हमारी दुनिया भी पल-पल बदल रही थी। दशकों के अन्तराल चुटकी-भर शब्दों से प्रकट और अदृश्य होते।

वह अब भी वैसी ही थीं। बाल शायद तब भी रंगने लगीं थीं। थोड़ा मोटी भी थी हीं। हो सकता है इस बीच एकआध सूत का हेर-फेर हुआ हो। मोटी हो भी गई हों तो भी लग नहीं रही थीं। सब कुछ गलत भी हो सकता था। जो मैं मान रहा था, उसका ठीक उल्टा रहा हो। तब उनके बाल वास्तव में काले हों। और मोटी भी न हों। यानी बहुत कुछ वास्तव में बदला हो। पर सब बाहरी तौर पर। इन सबके होने न होने का सम्भवतः कोई बहुत अर्थ भी नहीं था। जो था, अनुपम था। वही बीच में तब भी था।

हमारी मुलाकात उसी के घर में हुई थी।

दिल्ली में।

हमारा शहर तुम्हारा शहर

बिस्मिल्लाह ही गलत हुई थी। 'इमेज इंडिया' के दिनों की बात है।

उसके अड़ियलपन ने मुझे उचकाने में समय नहीं लगाया। मैं स्वभाव से कुल मिलाकर सहनशील हूँ। कहना चाहिए, माना जाता हूँ। विनम्र और शालीन, अनुपम भी कम नहीं था। हो सकता है, कवच हो। कठोर अन्तर का दंभ, जो आत्ममुग्धता तक पहुँचे आत्मविश्वास और हर हालत में स्वयं के सही होने के भाव से, निर्मित था। एक अजीब-सा चौकन्नापन—जिसे मैंने शुरुआती दिनों में ही नोटिस कर लिया था—उसे अपने को खोलने से तो रोकता ही था, दूसरे की टोह लेने के लिए भी किसी रडार के एंटेना की तरह बेचैन किए रहता था। अपने आइडिया, अपनी योजना को कभी भी एकबारगी स्पष्ट न कर हिस्से-हिस्सों में, किसी शतरंज के खिलाड़ी की तरह, इस तरह बढ़ाता कि साथ काम करनेवाले को अन्त तक आभास नहीं हो पाता कि बिसात किस तरफ ले जाई जा रही है और बाजी कहाँ खत्म होनेवाली

है। अगर बीच में चालों की दिशा का आभास हो भी जाए तो भी तब तक देर हो चुकी होती थी। कोई रास्ता ही नहीं बचता था, निकलने का। ऐसे किसी आदमी के साथ, जो इतना व्यक्तिवादी हो, काम करने का जिन्दगी में मेरा पहला मौका था। उससे पहले तक के, कम से कम मेरे हर काम का आधार, सहयोग और सहभागिता रही थी। उसकी गिरफ्त में हालत यह हो गई थी कि मैं खीज भी नहीं पा रहा था।

एक बिस्कुट कम्पनी कुछ नए प्रोडेक्ट बाजार में उतारने जा रही थी। कम्पेन की जिम्मेदारी उसे सौंपी गई थी। बजट बड़ा था। चार प्रोडक्ट थे, हर एक के लिए अलग विज्ञापन तैयार होना था और हर विज्ञापन के लिए चार-चार डिजाइन बनाए जाने थे जिससे कि कस्टमर इच्छानुसार चुन सके। जो भाषा वह इस्तेमाल कर रहा था, वह मुझे रह-रह कर चकित करती थी। उसमें अमेरिकी स्लेंगों के साथ हिन्दी शब्दों के बहुत ही विशिष्ट इस्तेमाल की क्षमता थी। ऐसा इस्तेमाल जो सामान्यतः अंग्रेजी पढ़े-लिखे नहीं कर पाते : पर्याय, सरोकार, धूसर, अन्तश्चेतना, मन्थर, आकर्षण आदि-आदि। उसकी नियुक्ति का एक कारण हिन्दी जानना भी था। असल में मास मीडिया के बढ़ते प्रसार ने हिन्दी को विज्ञापन के लिए जरूरी बना दिया था और इसके चलते द्विभाषी लोगों की बन आई थी। यह बात बाद में खुली कि वह हिन्दी का अच्छा-खासा कवि है और उसकी कविताएँ पत्र-पत्रिकाओं में छपी भी हैं। असली बात यह थी कि वह समकालीन हॉय-गॉय अंग्रेजी में ऐसा पारंगत था कि उसके सामने अच्छे-अच्छे नतमस्तक हो जाते थे। निश्चय ही वह प्रतिभाशाली था, पर ये बाद की बातें हैं। उस समय तो उसका अतिविश्वास, प्रच्छन्न अधिकारात्मक रवैया और अड़ना मुझे कुछ ज्यादा ही खटक रहे थे। कम्प्यूटर उन दिनों कम ही लोग जानते थे। विशेषकर आर्टिस्ट लोग। यद्यपि मैं ड्रा एंड पेंट में अच्छा-खासा काम कर लेता था पर तब तक मुझे भी कम्प्यूटर पर काम करना सहज नहीं लगता था। उसका आग्रह था कि उसके डिजाइन को कम्प्यूटर

पर ही बनाया जाए क्योंकि उसमें रंगों में एकसारता रहती है, हाथ में वह बात आ ही नहीं पाती। मेरे लाख कहने पर भी कि एक बार देख तो लो, वह मुझे अपनी बात को सिद्ध करने का मौका देने को सहमत नहीं हुआ। वह जिस तरह के 'टोनों' के लिए आग्रह कर रहा था वे अपने मिजाज में कम से कम मुझे तो योरोपीय लग रहे थे। बिस्कुट के विज्ञापन में इस तरह के रंगों का इस्तेमाल! मैंने कह दिया, छछूँदर के सिर में चमेली का तेल। वह मुस्कराया, पर टस से मस नहीं हुआ। हाई एंड प्रोडक्ट है, उसका कहना था।

होगा, मेरा तर्क था, बेचा तो हिन्दुस्तानियों को ही जाएगा। उनकी रुचि मात्र आपके विज्ञापन से तो बदलनी नहीं है। विज्ञापन को उससे तालमेल बैठाना है। फिर थोड़ी विविधता भी तो होनी चाहिए। पर उसने नहीं सुनी। फॉन्टों को लेकर वह विशेष रूप से अतिआग्रही साबित हुआ था। हिन्दी फॉन्ट तो उसे पसन्द ही नहीं आए थे। वह चाहता था मैं कम्प्यूटर पर ही कुछ फॉन्टों में बदलाव करूँ, जो कठिन और समय साध्य था। समय देने को भी वह तैयार नहीं था। हर रोज अजीब-अजीब लैटरिंग के खाके लेकर आता और नोटबुक सामने कर उन्हें ऑल्टर करने के लिए दबाव डालता। अन्ततः कहना पड़ा, मैं सॉफ्ट वेयर इंजीनियर नहीं हूँ कि नए फॉन्ट ही बना डालूँ। मेरी सीमाएँ हैं। हाँ, हाथ से लैटरिंग कर सकता हूँ। पर वह उसे मंजूर नहीं था। अंग्रेजी के फॉन्टों को लेकर भी कम माथा-पच्ची नहीं हुई। इसको लाओ, उसको निकालो। इसको रखो, उसको छोड़ो। शायद ही कोई फॉन्ट बचा हो जिसका उसने प्रिंट आउट न लिया हो। जो कसर थी, उसकी पैंट-शर्ट की जेबों से निकलने वाली फ्लापियाँ पूरा कर देती थीं। न जाने कहाँ-कहाँ से क्या-क्या बटोरा हुआ था। जॉब खत्म होने तक, जो उसने चाहा वही हुआ। तब तक मैं भी इस हद तक भन्ना चुका था कि मैंने निर्णय कर लिया, चाहे नौकरी छोड़नी पड़ जाए, अगली बार इसके साथ काम नहीं करूँगा। कम्प्यूटर के स्क्रीन पर आँखें

गढ़ाए, बेनागा सुबह से शाम तक कई दिन वह मेरे सर पर सवार रहा था। उसका मैनरिज्म और जरूरत से कुछ ज्यादा ही छिड़का यूडी कोलन का भबका, दोनों असह्य हो गए थे।

काम के प्रति उसकी लगन कायल करनेवाली थी पर उसके व्यवहार से आहत मैंने अपना गुस्सा स्वदेश जी के सामने निकाला था, "मीडिया मैनेजर आप हैं या यह?"

"कौन?" उन्होंने थोड़ा बनते हुए पूछा था।

"यही अनुपम। कॉपीराइटर है तो कॉपीराइटर की तरह काम करे।" मैं स्वदेश यानी स्वदेश मेहता के साथ पिछले दस वर्षों से काम कर रहा था। मुझे उस कम्पनी में वही लाए भी थे।

"अनुपम नहीं, अनुपम कुमार जी!" वह हँसे थे, "बाई द वे, वह क्रिएटिव डायरेक्टर हैं, मात्र कॉपी राइटर नहीं।" और पूछा, "तुमसे कुछ कहा?"

"कहने की बात नहीं है, पर आदमी बेइंतहा ज़िद्दी है, जिसके अहं का ओर-छोर नहीं है। कुछ सुनने को तैयार ही नहीं है। आखिर दूसरे ने भी तो घास नहीं छीली है। हम भी कोई नौसिखिए तो हैं नहीं। यह एकाउंट तो आपका है ना?"

"देखो, नाराज होनेवाली बात नहीं है। एकाउंट-वकाउंट छोड़ो। मालिक इसे दस हजार की तनख्वाह पर लाया है। आखिरकार हैं तो हम नौकर ही न। नौकरी में ना करी न नूँ करी, चूँ करी न चा करी।" और वह हौले से मुस्कराए थे। लगा कहीं वह भी आहत हैं। 1986 में दस हजार! यह तनख्वाह लगभग उनके बराबर हो गई थी, बीस साल की नौकरी के बाद। इमेज इंडिया में वह कार्नर स्टोन से आया था, जो हमसे निश्चित ही बड़ी कम्पनी थी।

आखिरी दिन काम समेटते हुए अनुपम ने कहा था, "आप लगते तो एथलीट जैसे हैं पर आर्टिस्ट बढ़िया हैं।"

समझ नहीं पाया, तारीफ है या व्यंग्य। सम्भवतः दोनों रंग थे।

नजरन्दाज करना ही बेहतर समझा। जो भी हो, सच यह है कि जब जॉब पूरा हुआ तो दूर से ही चमक रहा था। हुआ भी वही। क्लाइंट ने एक ही झटके में ओ.के. कर दिया, जो कम विरल बात नहीं थी। फिर भी मेरा मानना था, उसने अगर कुछ सुझाव माने होते तो कम्पेन और बढ़िया बनता। अन्ततः किसी कम्पेन का सफल होना सिर्फ क्लाइंट का खुश होना भर तो नहीं ही है। उसकी समझ की भी सीमा हो सकती है।

इस खुशी में मालिक ने स्टाफ को अपने घर पर पार्टी दी। खूब नाच-गाना रहा। चूँकि मेरा घर वसंत विहार के दूसरे छोर पर था, 12 बजते-बजते मैं खिसक लिया था। सुमित्रा मुझे लेकर उन दिनों कुछ ज्यादा ही चिन्तित रहती थी, विशेषकर तब जब मैं दारू पीकर मोटर साइकिल चलाता था।

पता चला पार्टी रात दो-ढाई बचे तक चली। हेंगओवर ऐसा रहा कि अगले दिन एक ही साथ कई लोग दफ्तर से गायब हो गए। जो आए, वे भी बमुश्किल लंच तक पहुँच पाए। जश्न ने अनुपम की प्रतिभा का एक और पक्ष खोल दिया। उसने इतनी पी कि लुढ़क गया। टैक्सी में डालकर सुखबीर छोड़ने गया। यह ऐसी चटखारेदार बात थी कि रह-रह कर सुनी-सुनाई जाती रही थी। कई हफ्तों तक।

दो-एक दिन बाद की बात होगी।

अनुपम का इंटरकोम था। "विक्रम जी, कोई बहुत जरूरी काम न हो तो आइए न, चाय मँगाई है।"

"माफ कीजिएगा अनुपम जी, थोड़ा काम निपटा रहा हूँ। आज जरा जल्दी भी निकलना है।" मैंने जरा ठंडे अन्दाज में टालने की कोशिश में झूठ बोला।

"अरे आइए न दो मिनट, उसमें क्या है, चाय भर तो पीनी है! काम तो चलते ही रहते हैं।" वह आदतन अड़ा हुआ था।

जो हो, मैं उसकी बात न मानने का निर्णय कर चुका था, इसलिए टस से मस नहीं हुआ। फोन रख वापस काम पर लगा ही था कि देखा, दोनों हाथों में प्याले थामे, पैर से दरवाजे को धकियाता आ धमका है।

यह लटका मुझे और अखरा। मैं दुविधा से देख ही रहा था कि बोला, "विक्रम जी, कुर्सी तो खेंचिए ना! आइ नो, आइ एम एन इनट्रूडर, बट डांट बी सो रूड!"

कसमसाते हुए मुझे उसके लिए कुर्सी खींचनी पड़ी थी।

वह चाय जिस नफासत से पी रहा था इतने में तो उसे शराब बन जाना चाहिए था। दो घूँट के बाद शरारती से अन्दाज में बोला, "मैं भी आप ही के शहर का हूँ।"

"कौन-सा शहर?" मैंने भरसक तटस्थ भाव से पूछा। दिल हुआ कह दूँ, प्यारे, मुझे तो पता नहीं कि मैं किस शहर का हूँ, तुझे मेरे शहर का पता कैसे चल गया?

"देहरादून।" उसने मेरे ठंडेपन की चिन्ता किए बिना, पिछली बात का ही सिरा पकड़ लिया, "मैं पढ़ा मसूरी में हूँ, स्टेनफोर्ड कालेज में। मेरे डैडी आर्मी में थे और रिटायर होने से पहले ही उन्होंने देहरादून में मकान बनवा लिया था। असल में उन्होंने कर्नल होकर रिटायरमेंट ले लिया था। आप जानते ही हैं आर्मी की जिन्दगी कैसी अस्थिर होती है। हर तरह से। वह तंग आ चुके थे।"

मैंने अनमने से अन्दाज में कहा, "हम लोग असल में सहारनपुर के रहनेवाले हैं। मेरे पिता देहरादून में एक सरकारी स्कूल में पढ़ाते थे। सिर्फ चार-एक साल ही मैंने देहरादून में बिताए होंगे। इंटर तक की पढ़ाई कमोबेश वहीं हुई, गवर्नमेंट स्कूलों में, पर आर्ट के लिए लखनऊ चला गया था। हाँ, पिताजी जरूर वर्षों देहरादून रहे। अब रुड़की हैं।" उसके पब्लिक स्कूली बड़प्पन को काटने के लिए, जिसके चलते इन औपनिवेशिक स्कूलों को कालेज कहा जाता है, मैंने सरकारी

स्कूल का झंडा लहराया था।

वह इस पर भी हतोत्साहित नहीं हुआ।

"रहनेवाले हम भी देहरादून के नहीं हैं। पर आइ.एम.ए के दौर में डैडी को इस शहर से प्यार हो गया था। है भी बला का खूबसूरत शहर।" फिर मुस्कराकर बोला, "शायद यही कारण है कि आपका फिजीक पश्चिम उत्तर प्रदेश के लोगों-सा है।" उसका इशारा फिर मेरी लम्बाई-चौड़ाई की ओर था। साला मेरे शरीर के पीछे पड़ा है, जैसे इसके बाप का खाया हो, मुझे मन ही मन गुस्सा आ रहा था। मैं बिना बोले देखता रहा, उसकी विकट बुद्धि को चेहरे से पढ़ने की कोशिश में। लगा वह मेरी देहाती जड़ों का मजाक उड़ा रहा है। न जाने कब उसने सिगरेट निकाल ली थी और माचिस की डिब्बिया पर उसे किसी वाद्ययन्त्र की तरह एक लय से ठकठकाने लगा था। सिगरेट ने मेरा ध्यान बटा दिया। अचानक मैं बेचैन हो गया था, कहीं जला न दे। दिमाग उसे रोकने के लिए उचित शब्द तलाशने में लग गया था।

"लेकिन आपके हाथ और अँगुलियाँ नाजुक हैं। पहली बार देखने पर थोड़ी निराशा हुई थी। आप आर्टिस्ट तो कहीं से लगते ही नहीं हैं।"

"यानी?" उसकी बातें नागवार होती जा रही थीं।

"लम्बे बाल, बढ़ी हुई दाढ़ी और ऊलजलूल कपड़े।"

मैंने कोई प्रतिक्रिया नहीं की। उसके स्वयं के बनने-ठनने में जो प्रयास नजर आता था, वह किसी आर्मी आफिसर के बेटे में ही हो सकता था। कसकर बनी दाढ़ी, इतने सलीके से कटे बाल मानो रोज हज्जाम, बल्कि कहना चाहिए ब्यूटी पार्लर जाता हो। नए फैशन के कपड़े जिन पर एक सलवट तक नहीं ढूँढ़ी जा सकती थी और चमचमाते क्रीम पालिशी जूते।

उसने आखिरी घूँट पीकर कप कुर्सी के नीचे रख दिया था और अचानक सिगरेट मुँह में लगा ली। मेरी बेचैनी फिर बढ़ गई थी। मैं

कहना चाहता था, यहाँ ए.सी के कारण सिगरेट पीने पर पाबन्दी है पर उसके चेहरे की अन्यमनस्कता देखकर झिझक गया। यह मैं नोट कर चुका था, काम करता-करता वह कुछ खो-सा जाता है। बातचीत भले ही जा करे, पर दिमाग में कुछ और ही चलता रहता है।

"हर धन्धे के स्टीरियो-टाइप होते हैं।" उसने गेयर बदल लिया था। फिर मुस्कराते हुए जोड़ा, "और जैसा कि कहा जाता है, आप अपवाद हैं, नियम को सिद्ध करनेवाले। पर अब मसला आपके आर्टिस्ट होने या न होने का नहीं रहा है। उसके सेलिब्रेशन का है। मैं आपको निमन्त्रण देने आया हूँ।" होंठों पर लगी बिना जली सिगरेट के कारण उसकी आवाज बदल गई थी और कई शब्द स्पष्ट नहीं थे।

"क्या मतलब?" मैं मुँह देखता रहा।

"परसों, यानी शनिवार आप मेरे यहाँ आ रहे हैं। मना मैं नहीं सुनूँगा।"

"किस खुशी में?"

"आपसे मिलने की। आपके साथ काम करने की। एक ही शहर का होने की। सबसे बड़ी बात आपके आर्टिस्ट होने की।" उसने हँसते हुए दनदनाता जवाब दिया।

"यानी आपके द्वारा मान लिए जाने की।" मैंने भी पलट कर वार किया था।

"मानने नहीं, पहचान लिए जाने, यानी डिस्कवर कर लिए जाने की। यह आपकी नहीं, मेरी कमी थी। आप थे, मैं पहचान नहीं पाया था।" उसकी वाकपटुता गजब थी।

"परमात्मा की तरह!"

वह जोर से हँसा, "परमात्मा की तरह क्यों?"

मेरी जिह्वा पर सरस्वती कभी-कभी उतरती थी। या शायद उसकी वाक-पटुता की चुनौती ने मेरी प्रतिभा और बौद्धिकता की कुंडलिनी को जगा दिया था, "इसलिए कि परमात्मा का होना न होना

व्यक्ति सापेक्ष है। आप उसे ढूँढ़ भी सकते हैं। नकार भी सकते हैं। सुविधा का मामला है।" बाजी टक्कर कीं हो गई थी। टेनिस की लम्बी वॉली की तरह जो एक सीमा के बाद शारीरिक क्षमता की जगह मानसिक दृढ़ता से ज्यादा निर्धारित होती है।

"तब यह परमात्मा की तरह नहीं है। यह किसी वैज्ञानिक सत्य की तरह है।" और हँसते हुए जोड़ा, "अब तो आप खुश हैं! जो भी हो, बाप रे, आप तो दार्शनिक भी हैं और कम्युनिस्ट भी। या नास्तिक?"

"जो समझिए। पर दार्शनिकवाली बात नई खोज है। बोनस!"

इस बार भी वह जोर से हँसा, "खैर, अब आपका और समय खराब नहीं करूँगा। कुल मिलाकर आपने आना है। इस 'डिस्कोर्स' को वहीं आगे बढ़ाएँगे।"

उसका जाना किसी राहत से कम नहीं था। आग्रह कुछ इस तरह का था कि मैं न हाँ कर पाया और न ही सीधे-सीधे ना। उसने हाथ बढ़ाया तो मेरा हाथ स्वयं ही आगे बढ़ गया। दोनों हाथों में मेरे हाथ को उसने कुछ इस तरह से सहेजा जैसे कोई श्रद्धालु किसी पूजनीय के या फिर कोई बांकेलाल किसी सुन्दरी के हाथ को अपने हाथों में लेता है। अंजुरी भर फूल की तरह। उसकी आत्मीयता से देर तक मेरा हाथ स्पन्दित रहा। उसके हाथों की गर्मी का शमन ए.सी. कर नहीं पाया था, जो भावात्मक उर्जा की अभिव्यक्ति ही मानी जा सकती थी। उसके अन्दाज ने मुझे अजीब से रोमांच से भर दिया। तब मैंने देखा, वह भी कम सुगठित और लम्बा-चौड़ा नहीं है। मैं थोड़ा ज्यादा लम्बा जरूर था, पर छह फिट तब भी नहीं था। बहुत हुआ तो वह एक इंच ही कम रहा होगा।

वह बिना सिगरेट पिए चला गया, यह राहत की बात थी। न कुछ कहना पड़ा न ही कोई टकराव हुआ। मुझे चैन तो मिला पर न जाने क्यों काम से मन उखड़ गया। उसकी कोलोन मिली पसीने की

हलकी गंध देर तक दिमाग को मथे रही। ए.सी. के साथ यही दिक्कत है, न आप खिड़की खोल सकते हैं और न ही पराई गंधें आपका जल्दी पल्ला छोड़ती हैं।

मुझे कहीं जाने के लिए निकलना पड़ा।

मंगेशकर और मोजार्ट

वह शनिवार आ गया था।

दफ्तर से हम सीधे उसके घर पहुँचे थे। उसके पास कोई वाहन नहीं था। दुपहिया चलाने में उसे डर लगता था। मोटर साइकिल में पीछे बैठ, उसने बायाँ हाथ मेरे कन्धे पर पूरी बेतकल्लुफी से रख दिया। जब भी ब्रेक लगता वह मुझे बच्चे की तरह दोनों हाथों से कसकर पकड़ लेता था और धीरे चलने की बहुत ही आत्मीय नसीहत देने में झिझकता नहीं था : "अरे, अरे क्या गजब कर रहे हैं विक्रम जी, ऐसी जल्दी भी क्या है।" उसके स्वर से उठती एक अजीब स्त्रैणपन की प्रतिध्वनि सायास लगने के कारण विचित्र हास्य पैदा कर रही थी। अन्ततः हमारा परिचय बहुत सीमित था, मात्र महीने भर का। इस तरह की अनौपचारिकता का मैं आदी नहीं था।

मैंने मजा लेनेवाले अन्दाज में कहा, "आपको बड़ा डर लगता है!"

"और नहीं तो! हमें तो भई चोट-पटांग का बड़ा डर लगता है। कहीं हाथ-पैर टूट गया तो। बाप रे!" उसका ठुमकेवाला अन्दाज और मुखर हो गया था।

हो सकता है, वह डर ओढ़ा हुआ हो पर धीरे-धीरे मेरी यह समझ मजबूत होती गई थी कि उसे अपने शरीर से प्रेम है। उसकी बेलगाम नशाखोरी और 'रैकलेस' जीवन शैली या तो उसके शरीर की अपेक्षाओं के पूरे होने के जश्न में होती है या फिर उनके अतृप्त रह जाने का परिणाम।

राजेन्द्र नगर के किसी जमाने के रिफ्यूजियों को दिए मकानों में, जो देखते-देखते तिमंजिले और चौमंजिले बन गए थे, वह एक कमरे के सेट में दूसरी मंजिल पर रह रहा था। उसका रास्ता सर्विस लेन से था। कमोबेश पूरी मंजिल उसी की थी। गो कि कमरा बड़ा था पर कुर्सी सिर्फ एक थी, लकड़ी की सहारनपुरी नक्काशी की हुई फोल्डिंग। अपने आप में वह भी किसी शो पीस से कम नहीं थी। विशाल गद्दा कमरे की चौड़ाई के दोनों छोरों को जोड़ रहा था। उसने एक गाव तकिए को व्यवस्थित करते हुए बैठने का इशारा किया। 'सफेदी की चमकार' वाली चादर बिना ट्यूब लाइटवाले कमरे में भी इतनी धवल नजर आ रही थी कि उसमें यकायक बैठने की हिम्मत नहीं हो रही थी। बल्ब, जल तो दो रहे थे पर जमीन से टकराकर उठती उनकी रोशनी अन्धेरे से ऐसी गुत्थम-गुत्था कर रही थी कि उनके पीलेपन में सब कुछ मिलकर किसी पंक आर्टिस्ट के 'इंस्टालेशन' में बदलकर सब कुछ को एक नया ही अर्थ विस्तार दे रहे थे। अगर सब कुछ बदरंग नहीं भी हुआ था तो भी अन्धेरे ने जैसे एक-एक कर उसके ओने-कोने नोच लिए थे। मार्च के बावजूद दिन पर्याप्त बड़े नहीं हुए थे। साँझ के हिसाब से भी अन्धेरा घना ही था। फिर भी वस्तुएँ आकार लेती जा रही थीं, कैमिकल में डाले फोटोग्राफिक पेपर पर उभरती छवियों की तरह, धीरे-धीरे। दो रैक किताबों के थे। किनारे पर रखे टेबुल लैंप

की जमीन से परावर्तित रोशनी, एक-एक इंच जगह के लिए मश्क्कत करते हुए पीले पोछे से अन्धेरे की पर्तों को किसी पुरातत्ववेत्ता की-सी सावधानी से बुहारती जा रही थी।

मैंने देखा, एक रैक पेपरबैकों से भरा है। नए-पुराने क्लासिक। आर्ट की कुछ किताबें। बोर्खेज, मार्क्वेज, ग्रास, इटालिनो कार्वेलो, लोसा, रुश्दी, उंबर्तो इको के साथ ही कुछ रोमांटिक और थ्रिलर भी थे। चेपलिन, नेरूदा, आइसा डोरा डंकन की जीवनियाँ, ऑस्कर वाइल्ड के पत्रों का एक संग्रह और रिंबो, रिल्के, लोर्का, मुक्तिबोध, फिराक तथा गालिब जैसे क्लासिक कवियों के कई संग्रह आदि। ढेर सारी पत्र-पत्रिकाएँ एक कोने में सहेजी हुई थीं। इंटरनेट के ग्राफिक विज्ञापन की तरह अब तक एक और स्टैंड अवतरित हो चुका था, जिस पर काले कुत्ते की तरह बड़ा-सा टू-इन-वन दुबका बैठा था। कैसेटों का अंबार था। सबसे मजेदार था ग्रामोफोन का चमकता पीतल का भोंपू जो उस मद्धिम-सी रोशनी में आपसे मुखातिब होने को बेताब लग रहा था। हाँ, रिकार्ड भी थे, 35 और 70 आर.पी.एम. वाले, तवे। दीवार पर दो पेंटिंगें थीं जिनके कृतित्व का लाभ उस उजाले में सम्भव नहीं था। बहुत बाद में पहचाना था कि एक भूपेन खक्कर की पेंटिंग की अनुकृति है जिसमें एक नंगा आदमी दीवार पर अकेला बैठा सामने फैली बस्ती को निर्विकार ताक रहा है। दूसरी माकेलेंजेलो की बनाई डेविड की सुप्रसिद्ध नग्न प्रतिमा के चित्र का फ्रेम था। यह पुरुष शारीरिक सौन्दर्य का ऐसा भव्य रूप है जिसका सम्भवतः सानी नहीं है। कल्पना, आकांक्षा और रचनात्मकता का इससे बेहतर सन्तुलन कम ही देखने को मिलता है।

कई दिन बाद, एक दिन मैंने उससे कहा, "इस चित्र की क्लासिकता से मुझे डर लगता है।"

"क्या मतलब?" वह भौंचक मुझे देखने लगा था, "यह तो पुरुष शरीर के सौंदर्य का चरम है। स्वतन्त्र चेतना का प्रतीक।"

"इसीलिए तो। इसका चरम होना असल में एक तरह की सीमा है जो कल्पना को स्थिर कर देती है। क्या आपको नहीं लगता कि यह 'स्टैटिक' होना है, एक तरह के ठहराव का सूचक। फ्लालैस कृति डेटरेंट-सी बन जाती है, रचनात्मक साहस को हतोत्साहित करनेवाली।"

"मैंने तो ऐसा कभी सोचा ही नहीं था।" कुछ सोचकर बोला, "पर आप की बात एक सीमा तक ही सही प्रतीत होती है। लगता है आप यह मानकर चल रहे हैं कि कोई भी क्लासिक कृति अपने में चरम होती है। शायद ऐसा है नहीं। मेरे विचार में वह एक दौर और उसके समाज की रचनात्मकता का ही चरम कही जा सकती है, न कि सम्पूर्ण मानवीय प्रतिभा का। मानवीय रचनात्मकता के प्रतिमान तो सदा बदलते और विस्तृत होते रहते हैं और होते रहेंगे।"

अब मेरे सोचने की बारी थी। आदमी की प्रतिभा को 20वीं सदी के अन्तिम दौर में कम करके आँकने से बड़ी मूर्खता क्या हो सकती थी।

"इसकी एक और सीमा भी है। मानवीय शरीर के असम्भव प्रतिमान की, जो या तो हताशा पैदा करती है या फिर गैर जरूरी महत्वाकांक्षा। यह एक तरह के शरीरवाद का सैलीब्रेशन है जो अपने आप में एक मरीचिका है," मैंने हार नहीं मानी।

उसने हथियार डालते हुए, प्रशंसा में कहा था, " आइ लव इट। पर आपके प्रश्नों के जवाब मेरे पास नहीं हैं। ये दार्शनिक सवाल हैं जिनके उत्तर भी दार्शनिक ही हो सकते हैं।"

पर बात उस दिन की हो रही थी जब मैं पहली बार उसके कमरे में गया था।

"आपको संगीत पसन्द है?" उसने पूछा था।

"कोई बहुत ज्यादा नहीं। 70 तक के दशक के फिल्मी गीतों का तो प्रेमी हूँ ही। शास्त्रीय समझ नहीं पाता, हाँ गज़लें जरूर एन्जाय

कर लेता हूँ।''

बिना बोले उसने एक लम्बे पतले शोकेस का काँच का दरवाजा खोला। सारी सावधानी के बावजूद ग्लास रनर किसी खाली दौड़ाए जाते एक पहिया लोहे के हथठेले की तरह अनिवार्य पर अवांछित आवाज करता हुआ खुला। आड़े-तिरछे, किसी तरह अटाए कैसेटों में से उसने कुछ को चुना और टेबुल लैंप की रोशनी में जाँच कर एक किनारे रखता गया। स्टीरियो पर आवाज के साथ ही रंगारंग जुगनू चमकने लगे थे। एक घंटे तक मैं आवाजों में खोया रहा–बेगम अख्तर, फरीदा खानम, इकबाल बानो और मेंहदी हसन। इस बीच उसने पीने का सारा तामझाम सजा दिया था। हर घूँट के साथ वे स्वर और मधुर, सघन व सुरीले होते गए थे। अन्ततः लगने लगा, मैं बेवजन होकर चिड़िया के किसी पंख की तरह उन स्वर लहरियों में सवार तिरने लगा हूँ।

''बहुत सुन्दर कैसेट हैं, एक से बढ़कर एक।'' मैंने मुग्ध भाव से कहा।

''आप चाहते हैं?'' वह मुस्कराया।

''निश्चय ही।''

''मिल जाएँगी। कोई मुश्किल नहीं है।''

''पाकिस्तानी भी?''

''हाँ, कनाट प्लेस से ही लिये हैं। बी ब्लाक में मस्जिद के दरवाजे पर एक लड़का बैठता है।''

कहीं दिमाग में था कि पिछली बार मैंने इसके साथ खासी बत्तमीजी की थी इसलिए संगीत से निकल कर पूछा, ''आपके माता-पिता देहरादून ही रहते हैं?''

''सिर्फ माँ। डैडी का देहान्त हुए कई साल हो गए हैं।''

''ओह! कैसे?'' मैं पूछे बिना नहीं रह सका।

''दारू!'' वह देर तक रुका।

मुझे लगा, मेरे गले में कुछ फँस गया है।

"मौत भी अजीब चीज है!" वह अब तक तीन पैग पी चुका था, "उनकी बटेलियन ने 1971 की लड़ाई में पश्चिम के मोर्चे पर अपूर्व शौर्य का परिचय दिया था।" उसने अजीब तरह से मुस्कराते हुए कहा था, "दुश्मन की प्रोवर्बियल गोली उनके कान को छूकर निकली थी। उनके साथ यह मुहावरा मात्र नहीं कहा जा सकता, उनका बायाँ कान जला हुआ था। उसे मैंने कई बार छुआ था। हर बार लगता था, गोली अभी-अभी निकली है। न जाने वह कान क्यों इतना गर्म रहता था, बारूद की गंध से हर समय भारी। उन्हें विशिष्ट सेवा मेडल मिला था। अगर वह गोली सिर्फ आध इंच दाईं ओर गई होती तो उन्हें परमवीर चक्र मिला होता, जैसा कि उनके साथी कैप्टेन को मिला था। वह हमारे पड़ोसी थे। उनका बेटा मेरा दोस्त है। उम्र में मुझ से खासा बड़ा, पर दोस्त है। अजीब विडम्बना थी। ही डाइड एन इग्नोमिनेबल डैथ। लीवर सिरोसिस से खून की उल्टी करते हुए। सिर्फ छह साल बाद। मेरा मतलब डैडी से है। वह किसी सैनिक की जाँबाज मौत नहीं थी, जिसको वह इतना ग्लोरीफाइ किया करते थे।"

पिता की मृत्यु के इतने ठंडे तटस्थ वर्णन ने मुझे स्तब्ध कर दिया।

बात बदलने के लिए मैंने कहा, "देहरादून है मजेदार शहर।"

"हाँ।" उसने उसी तटस्थता से कहा, "बड़ी महत्त्वाकांक्षाओं वाला छोटा पर सुन्दर शहर।"

"यानी," मैं हँसे बिना नहीं रहा।

वह बोलता रहा, "वहाँ के हर बच्चे को पैदा होने के दिन से ही मानो सिखाया जाता है कि उसने इस शहर से निकलना है। वह रिटायर्ड जनरलों-कर्नलों और सरकारी अफसरों का शहर है, जो तमगों और घूस की कमाई से जगमगाता रहता है। लोग तगमों को सहेजते

और घूस को अपने बंगलों, कारों और नौकरों के माध्यम से प्रदर्शित करते विगत में जीते हैं। किशोर और युवा अपना भविष्य वहाँ से बाहर तलाशने के सपने सँजोते हैं। वहाँ सब रैप्लिका है, अनुकृति। असली चीजें कहीं और हैं। दिल्ली में या उससे भी आगे। जिनकी प्रेत छाया, दिनचर्या से लेकर सोच तक, सब कुछ को निर्धारित करती है। वहाँ भी कनाट प्लेस है, बसंत कुंज है, डिफेंस कालोनी और न जाने क्या-क्या है, जो सिर्फ नकल है। इसलिए वहाँ जो भी कुछ अच्छा और बेहतर हो सकता है, दिल्ली आ जाता है—अशोक की लाट से लेकर आप और मैं तक।''

''बासमती!'' मैंने जोड़ा। वह जोर से हँसा और वह देर तक हँसता रहा था। उसके हँसने का अन्दाज कुछ अलग ही था। शुरू में तो मुझे लगा था नशे के कारण वह इस तरह हँसता है पर धीरे-धीरे समझ में आया, नहीं, इसमें कुछ ऐसा है, जो सामान्य नहीं है। वह हँसते-हँसते अचानक हँसी के ऐसे दौरे का शिकार हो जाता जिसका हँसने के कारण से ही सम्बन्ध नहीं रहता था और हँसी हँसी न रहकर अन्ततः वितृष्णा पैदा करनेवाली एक असहाय और निरर्थक शारीरिक प्रतिक्रिया में बदल जाती।

''वह मजेदार इस मायने में है कि वहाँ पुरातन और आधुनिकता का समन्वय है। अशोक से लेकर गोरखों और अँगरेजों तक का समय प्रकृति की सबसे जीवन्त पृष्ठभूमि में साँसें लेता है।''

उसने मेरी बात का जवाब नहीं दिया। लम्बी और निरर्थक हँसी ने उसे थका दिया था। बहुत सम्भव था कि उसने ठीक से मेरी बात ही न सुनी हो।

जिस तरह से वह बात कर रहा था, सब कुछ रहस्यमय होता जा रहा था, उत्सुकता को हवा देता। उस संरचना में जो खाली जगहें थीं उन्हें जोड़े बिना चैन सम्भव नहीं था। थोड़ी चुप्पी के बाद मैंने फिर पूछा, ''आपकी माता जी के साथ कौन है?''

"अकेली हैं।"

वह कुछ रुका। जैसे अगले प्रश्न का इंतजार कर रहा हो। मैं तय नहीं कर पाया कि क्या पूछना चाहिए। नशे से चीजें धुँधलाने भी लगी थीं।

वह खुद ही बोला, "हम दो भाई-बहन हैं। बहन, बैंगलोर है। उसका पति एच.ए.एल में इंजीनियर है। खुद सेंट्रल स्कूल में पढ़ाती है।"

अब प्रश्न की जरूरत नहीं थी। यादों ने उसे अपनी गिरफ्त में ले लिया था।

"मम्मी भी टीचर हैं। गणित, जो मुझे कभी आया ही नहीं।" और वह बेइंतहा मासूमियत से हँसा था, "मम्मी ने दुनिया को गणित पढ़ाया, पर वह मुझे से हार गईं।"

सम्भवतः मैंने भी उसे अपने परिवार के बारे में बतलाया था—पत्नी और बच्चों के। देहरादून की भी कुछ बातें, जब वहाँ चाय के बागान हुआ करते थे। हम यों ही कहीं को निकल लिया करते थे, जिसे आज 'ट्रैकिंग' कहा जाता है, अर्ध पहाड़ी खेतों और जंगलों से गुजरते हुए। एक मामले में यह भी संयोग था कि हम अपने-अपने बचपन में आठ-नौ साल के अन्तराल पर भी, एक ही रास्तों पर चले थे : झंडा चौक, पल्टन बाजार, गढ़ी कैंट, माल रोड, राजपुर रोड। सहस्त्रधारा, रॉबर्स केव, लैंढोर, मसूरी और धनौल्टी। या फिर चकरौता की तरफ। मैं आगे नहीं गया था, पर उसने कई ऐसे रास्ते भी तय किए थे जो मेरे लिए अजनबी थे। पहाड़ों में दूर—तिब्बत की सीमा तक। एक सीमा से आगे एडवेंचर मेरी फितरत नहीं थी। जबकि बँधे-बँधाए रास्ते उसे स्वीकार नहीं थे।

जो भी हो, वह संगीत का प्रेमी ही नहीं मर्मज्ञ था। कम से कम मेरे लिए। न जाने किस-किस के गाने उसके पास थे—आशा भोंसले की गाई महादेवी वर्मा की रचनाएँ, मास्टर मदन और बड़े गुलाम

अली खाँ, अमीर खाँ के रिकार्ड भी। इकबाल बानो और नैयरा नूर की गाई फ़ैज़ की ग़जलें और नज्में, बेगम अख्तर की गज़लें, ठुमरियाँ, दादरा के अलावा कुमार गन्धर्व का त्रिवेणी कैसेट भी पहली बार मैंने उसी के पास सुना था। मेरे अन्दर भी कहीं संगीत का कोई तार है, यह उसी के सम्पर्क से मैं जान पाया था और इसीलिए उससे तारतम्य बैठाते देर नहीं लगी थी। सच बात तो यह है कि अमीर खान और भीमसेन जोशी की गायकी के गुण मुझे उसी ने समझाए थे। हर रंग के शास्त्रीय संगीत का वह शौकीन था। पश्चिमी भी—पॉप और रॉल के अलावा बाख़, मोजार्ट, चॉपिन की रचनाएँ और ज़ुबिन मेहता के कन्सर्ट उसकी कैसटों की दराज में बन्द थे। यहाँ तक कि दफ्तर में काम करता हुआ भी वॉकमैन पर वह संगीत सुनता रहता था। संगीत मेरा एक और व्यसन है, वह अकसर दोहराता था। बॉब डायलन के अलावा फ्रेडी मर्करी का वह खासा बड़ा फैन था। पहले ही दिन कैसेट चलाकर उसने विशेष आग्रह किया था, "जरा इसे सुनो।" और खुद आँखें बन्द कर *डांट स्टॉप मी नाउ* के साथ लगभग थिरकने लगा था। पॉप के हल्ले से मैं अनुपम की इतनी लम्बी शार्गिदी के बावजूद कभी तालमेल नहीं बैठा पाया। और हर सभ्य भारतीय की तरह उस दिन से आज तक मैं अपनी हीनता में पॉप के हमले को किसी अवांछित धार्मिक हुड़दंग की तरह चुपचाप झेले चला जा रहा हूँ। कहना न होगा कि हर कोशिश के बावजूद न्यूटन के विनय भाव से एक कदम आगे, इस तूफ़ानी समुद्र के तट से स्वर, लय, ताल का एक कण तक मेरे हाथ नहीं लगा है। हो सकता है यह उस दिन के नॉन स्टॉप घंटे-भर के हाहाकार और हैवी मैटल की करारी चोट का ही नतीजा हो कि रसिक बनना तो रहा दूर में पाश्चात्य संगीत के लिए आदमी से भैंस बन गया और अब, जब कभी भी बीन बजती है, जुगाली करता चला जाता हूँ।

फिर तो संगीत का सिलसिला चला। न जाने कितनी बार संगीत

मुझे उसके कमरे में खेंच ले गया। उसी के कारण मैंने एक बढ़िया-सा स्टीरियो खरीदा था और कैसेटों का चुनिन्दा कलैक्शन बनाया था। संगीत के सम्बन्ध के तार से जुड़े हम दूर तक चले-चले गए। दफ्तर ही नहीं, शहर भी छोड़ उसके दूसरी जगह चले जाने के बावजूद हमारे सम्पर्कों का सिलसिला टूट नहीं पाया। हो सकता है बीच-बीच में ये सम्बन्ध थम गए हों या विराम आ गया हो पर खत्म कभी नहीं हुए। कहना चाहिए जीवन भर के हो गए। यह और बात है कि जीवन की लम्बाई का पैमाना अपने में छोटा छलावा नहीं है।

चीजों की विशिष्टता और बारीकियाँ जिस तेजी से वह पहचान जाता था, वह चकित करनेवाला था। मैं देख चुका था कि एक बहुत ही संवेदनशील गुणी उसके अन्दर बैठा है। यह गुणी बेचैन आत्मा है। तरह-तरह के प्रयोग और एडवेंचर जिसकी आदत का हिस्सा थे। अकसर जब भी हम दोनों ने उसके कमरे में शराब पी वह धुत्त होकर पास आउट कर जाता था और अन्ततः मुझे उसे ठीक से सुलाकर आना पड़ता था, जिस पर हम अगले दिन कभी बात नहीं करते थे। सामान्यतः वह कोई बखेड़ा नहीं करता था।

हमारी निकटता बढ़ती गई थी और बैठकी का सिलसिला महीने में एकआध बार तो हो ही जाता था। पर उस बार कुछ अजीब घटना घटी थी।

शराब का सिलसिला खत्म होने को आ रहा था। वैसे भी ग्यारह बज चुके थे। अचानक उसने कहा, "मैं एक कविता सुनाना चाहता हूँ। सुनाऊं!"

इससे पहले कि मैं कुछ कहता वह डायरी खोलकर पढ़ने लगा था :

क्या है जो
किसी ज्वर की तरह
अन्दर ही अन्दर सुलगता है :

पानी!
पानी!
मैं कहता हूँ।

''अच्छी कविता है। आधुनिक।'' कहकर मैं उठने लगा तो उसने मेरा हाथ पकड़ लिया और बोला, ''आज आप मेरे साथ ही रहो।''

मैंने कहा, ''अरे यार, ऐसा कैसे हो सकता है! सुमित्रा अकेली है। साथ में दो बच्चे हैं। इतनी रात हो गई है। फोन भी घर पर नहीं है। वह तो सड़क पर आ जाएगी।'' उन दिनों वाकई समस्या थी। वे मोबाइल क्रान्ति से पहले के दिन थे। घर में फोन होना एक उपलब्धि हुआ करती थी।

''मैं बहुत अकेला हूँ। प्लीज आप मत जाओ!'' उसने मेरा हाथ इतनी ताकत से पकड़ा हुआ था कि अगर मैं जरा भी जोर लगाता तो कंधा खिसक सकता था। समझ में नहीं आया, इसे हो क्या गया है?

''अरे भई, आज सम्भव नहीं है। अगली बार कहकर आऊँगा।'' मैंने समझाने की कोशिश की।

''प्लीज, मत जाओ।'' कहता-कहता अचानक वह रोने ही लगा, ''मैं बहुत अकेला हूँ। आपने मुझे भाई कहा है। इस भाई को अकेला मत छोड़ो। प्लीज, मुझे छोड़कर मत जाओ।''

वह गिने-चुने वाक्यों को अलग-अलग स्वरों में दुहराता, रोए चला जा रहा था। उसकी आँखों से धाड़-धाड़ आँसू बहने लगे थे। मुझे वह किसी बच्चे की तरह मासूम और असहाय लगने लगा था, बहती नाक में। मैं उसे कन्धे से लगा कर सहलाता रहा। उसकी नाक पोंछी और लेटाने की कोशिश की। पर उसका रोना तब तक जारी रहा जब तक कि दारू और थकन ने उसे बेहोश नहीं कर दिया। सौभाग्य से इसमें देर नहीं लगी। लगा, इसने दारू से पहले जरूर कुछ और लिया होगा। याद आया, शाम, जब मैं पहुँचा था, फ्रैडी की दहाड़ गली में ही सुनाई

दे रही थी। दो बार घंटी बजाने पर कहीं दरवाजा खोला था। उसके स्टीरियो का फुल वाल्यूम पर चलना अपने-आप में सामान्य बात नहीं थी। जिस तरह का वह शिष्ट आदमी था, होशो-हवाश में ऐसा नहीं कर सकता था। उस समय कुछ खटका जरूर था, पर मैंने ज्यादा ध्यान नहीं दिया। अब डर लगने लगा, कोई ड्रग तो नहीं लेता होगा?

अगले दिन मिलते ही उसने पूछा, "क्या रात कुछ ज्यादा चढ़ गई थी?" पिछले रिकार्ड को देखते हुए उसका बीती रात पर बात करना भी कुछ चकित करनेवाला था।

मैंने मुस्कराकर कहा, "अब आपको शादी कर लेनी चाहिए! आप वाकई अकेले पड़ते जा रहे हो।"

"दैट्स माई प्रॉब्लम, नो एडवाइज, प्लीज!" उसने जिस टकटके अन्दाज में कहा, लगा इस भाई ने लिहाज करना नहीं सीखा है। लौटते हुए उसी साँस में यह जरूर जोड़ा, "आइ एम सॉरी, आपको तकलीफ हुई," पर उस स्वर में किसी तरह की क्षमा याचना या क्षोभ का भाव नहीं था। अब तक उसके व्यवहार की अनिश्चितता से मैं खासा वाकिफ हो चुका था। अपने को समझाता रहा कि वह 'अनप्रडिक्टेबल' तो है ही, कब क्या कह/कर देगा, अनुमान लगाना मुश्किल है। और शायद यह इसलिए है कि अपनी निजी जिन्दगी के प्रति वह जरूरत से ज्यादा सजग और प्रोटेक्टिव है, जिसमें उसे जरा भी दखल बर्दाश्त नहीं है। पर कुल मिलाकर इस प्रतिक्रिया से मैं कई दिन तक विचलित और एक हद तक आहत भी रहा था।

उसके जिस अकेलेपन से मेरा साक्षात्कार हो चुका था उसे आसानी से भुलाना कुल मिलाकर मुश्किल था। मात्र संयोग था कि मैंने एक ऐसी रहस्यमय कोठरी में झाँक लिया था जिसमें सब कुछ सामान्य नहीं था। वह क्या था, एक छोटी झलक यह जानने के लिए पर्याप्त नहीं थी। पर कहीं कुछ था जरूर, जो उस सुन्दर और सुचारु नजर आते आवरण की ओट लिए था।

सुमित्रा ने छूटते ही कहा, "इस उम्र में क्या हो सकता है, सिवा प्रेम के।"

मैंने जोड़ा था, "यानी असफल प्रेम ?"

कुछ दिन वह खिंचा-खिंचा रहा। नाराज है तो भाड़ में जाए, मैंने मन ही मन सोचा। फिर बदतमीजी इसने की है, न कि मैंने। वैसे जिस तरह का व्यक्तिवादी और अहं का मारा बन्दा है, उसमें इसके अलावा क्या हो सकता था! समकालीन आधुनिक मुहावरे में इसे निजी होना कहा जाता है, जो कभी मेरी समझ में नहीं आता है। व्यक्ति का जो निजीतम है क्या उसका उत्स भी समाज में नहीं है? आखिरकार निजी होने और न होने का तर्क भी समाज के होने से ही तो जुड़ा होता है। अपने अकेलेपन की असहायता में पकड़ा जाना, वह सह नहीं पाया था। तब सवाल है, अगर सब कुछ निजी है तो यह रोना-धोना क्यों और किस के लिए है? भले ही अकेलेपन में क्यों न हो।

वह तब तक हमारे घर नहीं आया था पर सुमित्रा का उससे परिचय था। अनुपम की शालीनता ने उसे बेहद प्रभावित किया हुआ था। एकआध बार वह भी हमारे साथ नाटक देख चुकी थी। इसलिए गाहे-बगाहे उस पर चर्चा हो ही जाया करती थी। अन्ततः सुमित्रा ने सुझाया, "एक दिन उसे खाने पर बुला लो। तुम वैसे भी उसके यहाँ इतनी बार खा-पी आए हो।"

"खा नहीं, सिर्फ पी।" मैंने हँसते हुए चुटकी ली।

"जो भी समझो!" उसे मेरे पीने से खासी नाइंतफाकी थी।

जैसा कि होना था, मेरे बुलाने पर वह टालमटोल करता रहा। उसकी नाराजगी कमोबेश बनी हुई थी या वह अपने को बचा रहा था, कह नहीं सकता। सोचा भाड़ में जाए, मैंने कौन-सा साले को गाली दे दी है। पर सुमित्रा का मातृत्व, भगनित्व (वह तीन भाइयों की दुकेली बहन है) और सर्वोपरी प्रचंड परोपकारी भाव जाग चुका था। मुझे लगा,

वह अनुपम को सीधे विवाह-मंडप में घसीट कर ही मानेगी। जब सुमित्रा ने देखा कि मैंने हथियार डाल दिए हैं, तब उसने स्वयं फोन कर दिया। और अपने आप में यह कम बड़ा आश्चर्य नहीं था कि अनुपम उसके आग्रह को टाल नहीं पाया।

रास्ते में उसने कहा, ''विक्रम जी, मैं आ तो रहा हूँ पर मेरी एक शर्त है। आप मेरी व्यक्तिगत जिन्दगी के बारे में कुछ नहीं बोलेंगे। मुझे क्या करना चाहिए, क्या नहीं, यह मेरा मामला है। मैं इस पर बात करना पसन्द नहीं करता।''

दिल हुआ, मोटर साइकिल रोककर इसे समझा दूँ। भाड़ में जाए तू और तेरी प्राइवेट जिन्दगी। मेरी उसमें रत्ती भर रुचि नहीं है। उस समय तो मैं किसी तरह अपने को जज्ब कर गया पर घर पहुँचते ही मैंने सबसे पहले कह दिया, ''सुमित्रा, यह इस शर्त पर आए हैं कि इनकी व्यक्तिगत जिन्दगी के बारे में कोई बात न हो। अगर तुमने गलती से भी कुछ बोला, तो ये चले जाएँगे, भूलना मत। अनुपम अपनी बात से डिगते नहीं हैं।'' और मैं सीधे मुँह-हाथ धोने बाथरूम में घुस गया। साफ बात है, मैं सुमित्रा के उत्साह से भी थोड़ा सहमा हुआ था। मुझे डर था, बेमतलब शाम न खराब हो जाए।

गोकि मेरी बात से वह इस कदर तनाव में आ गया था कि मेरे हाथ-मुँह धोकर लौटने के काफी देर बाद तक वह सामान्य नहीं हो पाया, पर जिस तरह से उसने धमकाया था, वह मुझे भी कम नागवार नहीं गुजरा था। लेकिन एक बार सँभलने के बाद उसने आभास ही नहीं होने दिया कि कभी कुछ हुआ हो। शाम कुल मिलाकर बहुत ही यादगार रही। वह बच्चों के साथ खेला और सुमित्रा उससे वे मजाक भी कर गई, जो लगभग उसकी तथाकथित व्यक्तिगत जिन्दगी के दायरे में आती थीं। एक औरत की उपस्थिति मात्र ने कैटलिस्ट का काम किया था। मेरे लिए अतिरिक्त खुशी का कारण यह था कि वातावरण

सहज और प्रफुल्लित ही नहीं रहा बल्कि स्वानुशासित भी हो गया था। उसे मुझे एक बार भी रोकना नहीं पड़ा। वह चरस भी नहीं पिए था और तीसरे पेग के बाद उसने तौबा भी कर दी। वह जब ऑटो में ठीक-ठाक बैठा, मैंने राहत की साँस ली।

इधर कुछ दिनों से शाम का जो सिलसिला टूट गया था इससे वह फिर चल पड़ा।

हफ्ते भर बाद की बात है। हम कोई एग्जीबीशन देखने गए थे। वहाँ उसका मन नहीं लगा। अन्यमनस्क-सा भी था। बोला, "चलिए, कहीं चाय पीते हैं।"

चाय पीते हुए अचानक बोला, "मैं आपको अपनी डायरियाँ देखने को देना चाहता हूँ।"

"डायरियाँ लिखी हैं?" कवि तो था ही मुझे आश्चर्य नहीं हुआ।

"बहुत निजी किस्म की हैं। चाहता हूँ आप देखें। कल दूँगा।"

अगले दिन वह फिर कैफे रॉयल में ले गया जहाँ उसने डायरियाँ देने का प्रस्ताव किया था। यह कनाट प्लेस के पुराने रेस्तराओं में था, औपनिवेशिक दौर की सज्जावाला। मैं दूसरी बार आया था। भीड़-भाड़ नहीं हुआ करती थी, था भी खासा महँगा। खुला-खुला और सिर्फ जरूरत भर की रोशनी से सजा, बड़े-बड़े सोफों वाला। हर टेबुल एक अलग दुनिया बनती हुई। खास बात यह थी कि रेस्त्राँ का स्टाफ अनुपम को अच्छी तरह जानता था। यानी उसका पुराना अड्डा था।

जितनी देर हम बैठे रहे, इधर-उधर की ही बातें होती रहीं। उठते-उठते उसने पोलिथिन की थैली में लिपटा बंडल सौंपते हुए कहा, "मैं आत्महत्या का एटेम्प्ट कर चुका हूँ।"

मेरे हैरान से चेहरे को नजरंदाज करते हुए जोड़ा, "आपमें शायद मेरे प्रति कुछ रुचि जागी है। इन डायरियों से आप मुझे बेहतर समझ पायेंगे। इन्हें लौटाना जल्दी से जल्दी है। ऐसा कोई ज्यादा पढ़ने को है भी नहीं। कब दे देंगे?"

मैं अभी भी सकते ही में था। मुश्किल से कहा, "दो दिन में।"

"ठीक है, सोमवार को दे दीजिएगा।"

और बाई कहता हुआ ऑटो की ओर बढ़ गया था।

शुक्रवार अन्तिम कुछ घंटों का मेहमान रह गया था।

ड्रेकुला के दाँत

इसे सौभाग्य ही कहेंगे कि उस दिन मैं सुमित्रा को बतलाना भूल गया कि अनुपम अपनी डायरियाँ देने वाला है। पढ़ने के बाद मैंने सुमित्रा से डायरियों का कभी जिक्र ही नहीं किया।

"ड्रेकुला परसे इज ए सेक्सुअल सिंबल," एक दिन उसने बातों-बातों में कहा था। "वह जिस को दाँत मारता है, वह उसी की तरह खूनी हो ज़ाता है।"

बात समझ से परे थी। यह यौन आनन्द से परिचित कराने यानी सेक्सुअल इनिशिएशन की बात कर रहा हो सकता है? पर वह तो एक जैविक प्रक्रिया है। आपको कोई दीक्षित कराए या न कराए उसका विकसित होना लाजमी है। और अगर उसका तात्पर्य यौन इच्छा की जागृति के चलते पहला शिकार नए शिकारों को ढूँढ़ता है, जैसा कुछ कहना है तो भी वह समझ में आनेवाला नहीं था। मैंने बात समझाने की कोशिश में तर्क किया था, "प्रजनन सृष्टि का नियम है और यौन

प्रक्रिया उसका माध्यम। संस्कृत में यौन कर्म सम्भोग है। इससे सटीक शब्द नहीं हो सकता। दोतरफी भागेदारी। इसलिए अगर आप अपने शिकार की तलाश में हैं तो दूसरे पक्ष के लिए आप भी शिकार हैं। इट इज एज सिंपल एज दैट!''

''यह एकांगी दृष्टिकोण है। आज सेक्स केवल प्रजनन नहीं है। आनन्द और सहभागिता का माध्यम भी है। आप सारी दुनिया को एक ही खाँचे में रखकर बात कर रहे हैं। फिर सेक्स शरीर के किसी एक हिस्से तक सीमित नहीं है। उसका सम्बन्ध कई हिस्सों से है।'' उसने मामले को और जटिल कर दिया था।

उसके तर्क ने मुझे एकबारगी हिला दिया। मैंने थोड़ा रुककर कहा, ''पूरा जीवन-जगत इसी तरह चलता है। आदमी भी मूलतः एक प्राणी ही है। हो सकता है सेक्स का सम्बन्ध पूरे शरीर से हो पर उसका चरम एक निश्चित अंग से है। वैसे यह बात शरीर की हर क्रिया पर लागू होती है। हर चीज जुड़ी है। पूरी तरह कुछ भी स्वतन्त्र नहीं है।''

''नहीं, यह सिंप्लीफिकेशन है। आदमी अब मात्र प्राणी नहीं रहा है क्योंकि उस पर सामान्य प्राणियों का कोई नियम लागू नहीं होता। उसके लिए प्रजनन और सेक्स दो अलग-अलग चीजें हैं।''

''कैसे?'' मुझे लगा वह कुतर्क की सीमा लाँघ रहा है।

''आर्टिफिशल इनसेमिनेशन से लेकर इनवर्टो फर्टिलिटी क्या है? सीधे-सीधे सम्भोग से बाहर प्रजनन। स्टैम सेल के प्रयोग आपने सुने ही होंगे। समय दूर नहीं जब आदमी प्रयोगशाला में जन्म लेगा। योरोप को देख रहे हैं, जहाँ के आधे से ज्यादा देशों की जनसंख्या की दर शून्य या उससे भी नीचे गिर गई है। औरतें बच्चे पैदा करने को राजी नहीं हैं।''

''आप कहना क्या चाहते हैं? बच्चे पालना, पशु पालन जैसा कुछ होने जा रहा है?'' मैंने चिढ़कर कहा। उसके तर्क समझ से बाहर हो चुके थे।

"असल में ऐसा नहीं है। मैं कहना यह चाहता हूँ कि सेक्स का प्रजनन से बाहर भी महत्त्व है और बढ़ेगा।"

"सम्भोग के बाहर का प्रजनन यही नहीं कि मानव समाज की आधारभूत अवधारणा को ही खत्म कर देगा बल्कि उसे पूरी तरह व्यभिचारी बना देगा।"

वह व्यंग्य से हँसा, "क्या आप कहना चाहते हैं कि व्यभिचार संस्कृतियों में नहीं रहा? अपनी ही संस्कृतियों को देखिए। क्या है नगरवधू और देवदासियों की परम्पराएँ? और क्या है कामसूत्र, कोणार्क, खजुराहो! छोड़िए उन्हें, पूरी इंटरटेनमेंट इंडस्ट्री का मेन स्टे क्या है? फिल्म, सीरियल और *डेबोनेयर, प्लेबाय* ही नहीं *फेमिना* और *कस्मोपोलिटन* जैसी पत्रिकाएँ क्या अपने अंडरटोन्स-ओवरटोन्स में सेक्स के आनन्द को नहीं प्रमोट करती हैं? बल्कि अपने आप में ही आनन्द भी हो गई हैं। क्या है पोर्नोग्राफी?"

"मैंने यह नहीं कहा। प्रजनन, मातृत्व, पितृत्व उस पर अंकुश का, नियंत्रक का काम करते हैं। यह सब रहा है, पर कभी मूलधारा नहीं बन पाया है। जबकि इसमें इतना आकर्षण है। एक बड़ी कमजोरी है। इस पर भी सच यह है कि मात्र एक बच्चा परिवार बना देता है। भविष्य के लिए सजग और उत्तरदायी।"

एक बार न जाने किस सन्दर्भ में उसने कहा था, "विक्रम जी, आइ डांट लाइक मैसक्यूलिनिटि। कमीज के बटन खोल, छाती चौड़ाकर चलना। अजीब बात है, लड़कियों को कहते हैं टाँगें सटाकर चलो और लड़के टांगें फैलाकर चलते हैं। वेरी वल्गर।"

पहली डायरी का शीर्षक गो कि अंग्रेजी में था 'एस.एफ. डेज', पर अन्दर अधिकांशतः हिन्दी में लिखा गया था, फाउंटेन पैन से। उसकी हैंडराइटिंग बहुत सुन्दर थी।

डायरी 1974, सितंबर 12 से शुरू होती थी :

"यह सब असहनीय होता जा रहा है। मैं इनके क्रूएल मनोरंजन का साधन बन गया हूँ। मेरे साथ अकसर अशालीन और निर्मम मजाक किया जाता है। यह बहुत अपमानजनक है। मेरा दम घुटता है। मैं यहाँ रह नहीं सकता। लड़कों के बीच। न जाने साल कैसे गुजरेगा। एग्जाम में अभी छह महीने बाकी हैं।"

इसके बाद कुछ छोटे-मोटे किस्से, स्कूल की गतिविधियाँ, घर से आए पत्रों का उल्लेख था। हाँ, किसी 'ए' नाम के सज्जन का उल्लेख रह-रह कर हुआ था। एक जगह लिखा था। 'ए' मीन्स एफेक्शन। स्टिल लव्स। और डायरी खत्म हो गई थी। स्कूली छात्र होने के दौरान भी उसकी अभिव्यक्ति इतनी स्पष्ट और गठी हुई थी कि भ्रम होता था मानो किसी वयस्क का काम हो। वह लेखक नहीं बना, यही आश्चर्य था।

दूसरी की शुरुआत मार्च, 1975 से हुई थी :

"साल खराब हो गया है। पर मैं सुकून से हूँ। जो घटा, भूल जाना चाहता हूँ। उस सांड ने मुझे खुलेआम यह कहते हुए थप्पड़ मारा कि गांडू, साला मुँह चलाता है। हुआ यह था कि उसने मुझे सबके सामने 'आओ, अनु डार्लिंग' कहा। सब सुनकर हँसने लगे। इस पर मैंने, 'शटअप बास्टर्ड' कह दिया।

"यह अपमान भुलाने लायक नहीं था। मुझे उसे जान से मार देना चाहिए था। पर कोई रास्ता नहीं था। हमारे सम्बन्ध पब्लिक एफेयर नहीं थे। साला मुझे अपनी जागीर समझने लगा था। मैंने उससे बोलना बन्द कर दिया था। उसने एक आध बार मिलने की कोशिश भी की पर मैंने नजदीक नहीं आने दिया। सोचा, बात आई-गई हो गई है। पर वह बौखलाया हुआ था। सप्ताह भर भी नहीं बीता कि एक शाम वह मुझे साग्रह बाजार ले गया। चार थे, उस मुसटंडे समेत। स्कूल और बाजार के बीच लम्बा सुनसान रास्ता था। मौका देखते ही उसने मेरा मुँह बन्द किया और बाकी ने उठा लिया। वे मुझे रास्ते

से दूर अन्दर जंगल में ले गए।

"जो गुजरा था, वह 'थर्ड डिग्री टार्चर' था। असीम शारीरिक पीड़ा। बलात्कार। बर्बरता का नंगा नाच। पर उससे भी ज्यादा वह अन्दर की पीड़ा साबित हुई थी—अपमानित और प्रताड़ित किए जाने की। चलने से पहले उसी मुस्टंडे ने मेरी टोढ़ी पकड़कर चेतावनी दी थी, साले अगर किसी से कुछ कहा तो यहीं मारकर डाल देंगे। हमारा जो होगा सो होगा, पर तुझे जंगली जानवर खा जाएँगे, बोलेगा?" उसने मेरे बाल पकड़कर पूछा था।

"नहीं!" मैंने रोते हुए कहा था और मैं दर्द से बेहाल अपने को सँभालता जंगली जानवरों और रात के डर से उनके पीछे-पीछे गिरता-पड़ता किसी तरह हॉस्टल पहुँचा था। किसी ने मुड़कर भी नहीं देखा, मैं कहाँ हूँ। उल्टा वे जितनी तेज हो सका भाग लिए थे।

"पीड़ा, उद्वेग और अपमान से मैं सो नहीं पा रहा था। अन्ततः असहायता के अवसाद में मैंने ब्लेड से हाथ की नस काट ली थी। यही आसान रास्ता था। मैं वाकई मरना चाहता था। दूसरा भी रास्ता था, पर शायद मैं होते हुए भी अपने को चाकू नहीं घोंप सकता था।

"होश आया तो अस्पताल में था। जैसा कि बाद में पता चला, सुबह किसी ने मेरी पलँग से टपकते खून को देखकर हल्ला मचा दिया था। मैं बच गया, सम्भवतः इसलिए कि जब मैंने नस काटी रात ज्यादा बची नहीं थी। होस्टलर्स सुबह छह बजे उठते थे। स्कूल ने मामला दबा दिया था। बदनामी के डर से पुलिस केस नहीं हुआ। पर चारों लड़के रेस्टिकेट जरूर कर दिए गए थे। मेरा भी होस्टल छूट गया और स्कूल भी। स्कूलवालों के लाख कहने पर भी मम्मी मुझे भी वापस ले आई। वह बेइंतहा डर गई थी।"

अगली डायरी तीन साल बाद की थी। अकसर एक-एक डायरी में कई-कई वर्षों के प्रसंग थे। यानी डायरियाँ लगातार नहीं लिखी गई थीं, सिर्फ चुनी घटनाएँ लगभग संकेतों में दर्ज थीं।

यहाँ कुछ और ही दुनिया खुलती थी। पहचानों को छिपाने के लिए अंग्रेजी अक्षरों का इस्तेमाल था, जगहों के लिए वहाँ, जहाँ, कुंज, घोंसला जैसे शब्दों की आड़ ली गई थी। अंधा, टुंडा, बौना जैसे विशेषणों के अलावा विभीषण, तुगलक, नादिरशाह, हिटलर आदि ऐतिहासिक-पौराणिक नामों का भी इस्तेमाल सम्बन्धों के द्योतक थे। 'ए' का बीच-बीच में यहाँ भी उल्लेख था। कभी उसके ब्लॉडिवास्टक से लिखे पत्र का उल्लेख था तो कभी पनामा से।

डायरियाँ लौटाने के बाद मैंने उससे पूछा था, "आखिर यह 'ए' कौन है?" एक मानीखेज चुप्पी के बाद वह बोला था, "अवतार।" और खामोशी छा गई थी, जैसे किसी दुविधा में हो।

"हमारा पड़ोसी था। इसी के पिता को शौर्य चक्र मिला था मेरे बचपन का साथी। अब मर्चेंट नेवी में है।"

मुझे शक हुआ, ड्रेकुला यही तो नहीं है? मैंने पूछ लिया था। उसने कोई जवाब नहीं दिया। वह दूसरी ही कहानी बतलाने लगा किस तरह से उसे कत्थक करना पसन्द था और वह माँ को बतलाए बगैर ग्रेजुएशन के दौरान नाच सीखने लगा था।

एक किस्सा उस एसिस्टेंट लाइब्रेरियन से जुड़ा था जिससे उसकी दोस्ती कालेज के दौरान हो गई थी। शुरू में वे क्लासेज खत्म होने के बाद लाइब्रेरी में ही अलग से मिल लिया करते थे। एकआध बार पकड़े जाने से बचे थे। बाद में लाइब्रेरियन उसे अपने घर ले जाने लगा था और पत्नी के ही सामने उसके साथ एक कमरे में बन्द हो जाता था। अन्ततः उस पत्नी ने जो बहुत ही दब्बू और गँवारू किस्म की थी, एक दिन पूरा मोहल्ला इकट्ठा कर दिया और अनुपम को चप्पल से पीटा था। सारे शहर में बात फैल गई और उसका निकलना भारी हो गया।

आखिरी किस्सा जो अंग्रेजी में लिखा हुआ था पर जिसका शीर्षक हिन्दी में 'आयज़ की पीड़ा' था, ज्यादा ही विचलित करनेवाला था।

ग्रेजुएशन के बाद वह बहुसंस्करणीय अंग्रेजी अखबार *न्यूज डे* की ट्रेनिंग स्कीम में चुना गया और मुम्बई चला गया था। उन दिनों पत्रकारिता के स्कूलों की इस तरह बाढ़ नहीं थी। उसे लगा, घर से दूर हो जाने से वह विगत से मुक्त हो जाएगा और बिना किसी अपराधबोध के अपनी तरह से जी सकेगा। शायद उसकी माँ की भी यही इच्छा थी कि वह चाहे जैसे रहे, पर आसपास न रहे। फिर मुम्बई ज्यादा लिबरेटेड शहर था। वहाँ क्रूजिंग भी आसान थी। वह एक गे ग्रुप का सदस्य भी हो गया। पर उसे ज्यादा भटकने की जरूरत नहीं पड़ी। ट्रेनिंग के दौरान ही उसका सम्बन्ध कुलभूषण से हो गया जो उन दिनों *न्यूज डे* के समाचार सम्पादक थे। दोस्ती चल निकली। कुलभूषण अविवाहित थे और अपने ओरिएंटेशन के लिए पत्रकार बिरादरी में चर्चित थे। यह सम्बन्ध इतना गरमाया कि कुछ दिन बाद अनुपम उसी के फ्लैट में जाकर रहने लगा। अब वे 24 घंटे के साथी हो गए थे। साथ दोपहर को दफ्तर आते और साथ ही आधी रात को घर लौटा करते थे। इसे उसने अपने जीवन का सबसे सुखद दौर कहा था "सुख मेरे हिस्से में जैसे आता ही नहीं है और आता भी है तो जब तक पता चलता है, छूकर जा चुका होता है। मुझे डर लगता है।"

उसने बीच में ऐसा क्यों लिखा? सम्भवतः यह उसकी अपने व्यवहार से जुड़ी अनिश्चितता, अस्वीकार और आशंका से उपजी असुरक्षा का परिणाम रहा हो।

मात्र संयोग था। इधर उसकी ट्रेनिंग पूरी हुई उधर समाचार सम्पादक को पदोन्नति पर दिल्ली स्थानीय सम्पादक बनाकर भेज दिया गया। पर यह तात्कालिक तौर पर अपने आप में कोई दुर्भाग्य जैसा नहीं साबित हुआ। अनुपम की दिल्ली पोस्टिंग होने में तीन महीने नहीं लगे। पर किस को पता था पहले से ही कई ऊँच-नीच से गुजर चुकी इस छोटी-सी जिन्दगी को यह प्रसंग किस ओर ले जानेवाला है।

क्या जैसा कि कहा जाता है, दिल्ली पहुँचना तो सब चाहते हैं पर यह रास कुछ ही को आती है, सच बात हो सकती है? तब तक वह ऐसा महानगर था जो कस्बाई मानसिकता से मुक्ति के कगार पर ही पहुँचा था। मुम्बई तो वह आज तक नहीं हुआ है। यहाँ उनके सम्बन्ध उतने खुले नहीं रह पाए। माँ के कारण परिवार के साथ रहना कुलभूषण की मजबूरी हो गया था। वे दिल्ली के बाशिन्दे थे और शामनाथ मार्ग पर लड़कियों के कालेज के पीछे उनकी बड़ी पुश्तैनी कोठी थी। घर में भाई-भाभी तथा उनके दो अविवाहित बच्चे भी थे। गो कि एडिटर के लिए दूसरी मंजिल पर पूरा इंडिपेंडेंट सेट था, जिसका रास्ता भी लगभग अलग से था, इस पर भी जैसे ही अनुपम का आना-जाना बढ़ा, परिवार ने आपत्ति शुरू कर दी। वे लोग अनुपम को अपमानित करते थे और कई दफा तो गेट से अन्दर ही नहीं आने देते थे। निश्चित रूप से परिवार के लोग कुलभूषण की प्रवृत्तियों से वाकिफ थे, जो उन्हें अब भी स्वीकार नहीं थीं। कुलभूषण ने अपने को उससे खींचना शुरू कर दिया। सम्भवतः उनके पास कोई रास्ता ही नहीं बचा था। अनुपम की पॉजेसिवनेस ने संकट को और गहरा दिया था। यही नहीं कि वह वांछित दूरी बनाए रखने में असमर्थ था बल्कि अपने अधिकार को जताने से भी बाज नहीं आता था। और अन्ततः उन्होंने एक दिन मिलने से भी साफ मना कर दिया—घर में ही नहीं दफ्तर में भी, जहाँ बदनामी बढ़ती जा रही थी।

इसमें सबसे मार्मिक प्रसंग वह था जब अनुपम पूरी रात कुलभूषण से मिलने उनके मकान के बाहर बैठा रहा था। हाड़ कँपा देनेवाली दिसम्बर की ठंड की रात। सिर्फ सिगरेट के धुएँ के बल पर। कुलभूषण को पता भी चल चुका था कि अनुपम बाहर बैठा है पर उन्होंने न दरवाजा खोला और न ही झाँक कर देखा। हताशा और क्रोध में अनुपम ने खिड़की पर पत्थर मारने शुरू कर दिए। इस पर भी कोई बाहर नहीं निकला, पर पुलिस जरूर आ गई और उसे पकड़ कर ले

गई। उसने हल्ला मचाने की कोशिश की तो एएसआई ने उसके मुँह पर इतने जोर का थप्पड़ मारा की वह बेहोश होता-होता बचा। पुलिसवालों ने उसकी गर्दन किसी मुर्गी की तरह कसकर पकड़ी और जिप्सी में ढकेलकर बैठा दिया। देर तक उसकी साँस थमी-सी रही। उसने किसी तरह अपनी स्थिति स्पष्ट करने की कोशिश की तो एएसआई ने साफ कह दिया, "चुपचाप बैठा रह। ज्यादा बकवास करने की जरूरत नहीं है।" पुलिसवालों के स्वर की बरर्बता का जिस यथार्थ से सम्बन्ध था, उसके अनुभव ने अनुपम को कँपा दिया। बाकी रात कश्मीरी गेट थाने में कटी पर सुबह वही पुलिस उसे उसके कमरे में छोड़ गई थी। निश्चित रूप से यह सब एडिटर के कहने पर किया गया होगा। मामला कोर्ट में जाता तो स्कैंडल बनता।

अनुपम ने डायरी में उस एडिटर को लेकर जिस तरह की विह्वलता से लिखा हुआ था, मेरे आका, मेरे प्यारे सर, जैसे संबोधन, उसके अदम्य प्रेम, मासूमियत और असहायता की कहानी कहते थे। कैफे रॉयल वही जगह थी जहाँ वह और कुलभूषण अच्छे दिनों में बैठा करते थे। ऐसा क्यों हुआ, इस तरह का परित्याग, अनुपम का तर्क और ही था। एडिटर का परिवार के दबाव में रहना तो समझ में आता था, पर यह एकमात्र कारण नहीं हो सकता था। वे घर में नहीं दूसरी जगह तो आसानी से मिल ही सकते थे। दूसरी सम्भावना, जो अनुपम मानता था और जिसने उसे बेहाल किया हुआ था, कम प्रबल नहीं थी कि उन्हें कोई और साथी मिल गया था, जो ज्यादा कमसिन रहा होगा। यह बतलाते अनुपम का गला रुँध जाता था कि 'सर' का उससे मन भर गया था। शायद चार साल इस तरह के सम्बन्धों के लिए कुछ ज्यादा थे, जिसमें 'किक' की तलाश और अपराध या शर्म के बोध का बोझ सामान्य नहीं रहने देता।

सारा किस्सा उदासी से भरा था। बेचैन करनेवाला। इसका एक कारण और भी तो हो सकता है, मैंने अपने तईं सोचा था, उसका

भावात्मक रूप से कमजोर होना और यह निर्भरता कुलभूषण के लिए बन्धन साबित हो रही हो—सामाजिक और मानसिक दोनों स्तरों पर। पर कोई पुख्ता जवाब नहीं मिल पाया था। जो भी हो इस प्रसंग ने मुझे गहरी करुणा से भर उसके प्रति अत्यन्त सहिष्णु और संवेदनशील बना दिया था। नैतिकता और अनैतिकता का कोई सवाल नहीं रहा था। वह एक पीड़ित था, जो स्थितियों का शिकार था फिर चाहे वे बॉयोलाजिकल रही हों, मनोवैज्ञानिक रही हों या सामाजिक, इस हद तक विश्लेषण करना मुझे गैर-जरूरी लगा था। एक स्तर पर यह सब मेरी क्षमता के बाहर था।

डायरियों का सिलसिला 83 में खत्म हो गया था। या फिर बाद की डायरियाँ उसने जानबूझकर नहीं दी थीं।

उसने बताया कि उस दिन के बाद वह उस अखबार के दफ्तर गया ही नहीं। अपने पैसे लेने तक। हाँ, वह उन जगहों पर जाता रहा जहाँ एडिटर महोदय जाया करते थे—कैफे रॉयल, प्रेस क्लब और इंडिया इंटरनेशनल सेंटर। सिर्फ उन्हें एक नजर देखने भर को। वह शायद ही कभी अकेले हुआ करते थे। कभी किसी ग्रुप में तो कभी किसी रिपोर्टर के साथ।

उसने पत्रकारिता ही छोड़ दी। कापीराइटर बन गया, जहाँ उसने झंडे गाड़ दिए। इसलिए ऐसा भी नहीं था कि जब वह हमारे यहाँ आया दिल्ली के एड सर्कल में पूरी तरह अंजान हो। उसकी शोहरत उसके आगे-आगे आई थी। बदनामी के कीचड़ से सनी। लेकिन सच यह था कि मैं उसके बारे में नहीं जानता था और इस बीच सम्भवतः वह अपने असफल सम्बन्धों के विषाद से काफी हद तक उभर चुका था। हाँ, कुछ गाँठें बाकी थीं, पुरानी चोट के दर्द की तरह मौके-बेमौके उभरनेवाली।

प्रेम और शर्म के छोर

इस प्रसंग यानी अनुपम के हमारे घर आने और मुझे डायरियाँ पढ़ने को देने के बाद सारी चीजें इस तरह सामान्य हो गईं, जैसे कभी कुछ हुआ ही न हो। महीने में एकआध बार शाम को साथ-साथ कभी किसी संगीत सभा तो कभी पेंटिंग एग्जीबीशन और कभी नाटक देखने का सिलसिला फिर से चल निकला।

ऐसी ही कोई शाम थी, जब हम उसके कमरे में संगीत सुनते हुए, पहले पैग को खत्म कर रहे थे। वह ऐसा सौभाग्यशाली दिन था जब सरस्वती वन्दना की तरह सबसे पहले उसने फ्रैडी की बोहेमियन रैपसॉडी नहीं लगाई थी। खतरा गोकि बना हुआ था। जन गण मन हो सकता था। पर तब उसकी समाप्ति के साथ मैं उठकर जा सकता था।

यह मैं कभी नहीं पूछा पाया था कि आखिर यह फ्रैडी है क्या बला! मुझे लगता था जरूर बीटल-वीटल की तरह कोई बड़ा

गायक-शायक होगा। जो बतलाया था उसने खुद ही बतलाया था।

"पिछले साल इसका देहान्त हो गया है।"

"कैसे?"

"निमोनिया से!"

मुझे अजीब लगा था। फिर सोचा ड्रग-वग के नशे में कहीं बदपरहेजी कर गया होगा। वरना निमोनिया किसी भले आदमी का मरने का कारण हो सकता है भला!

"वैरी सैड!" मैंने उसी के अन्दाज में अफसोस जाहिर किया। पर सम्भवतः उसे मेरी बात से लगा मानो कह रहा हूँ, तो पसन्दगी का कारण यह यानी दया है।

"नहीं, ऐसा नहीं है! वह ऑल टाइम ग्रेट वोकलिस्ट तो था ही, भारतीय भी था।"

"ऐसी बात है!" यह जरूर नया आयाम था गोकि संगीत से दीगर था।

"हाँ, पारसी मूल का था!" अनु कुछ विषाद के से मूड में झूलने लगा था। या यह भी कहा जा सकता है कि फ्रैडी की मौत को लेकर वह अपनी भावुकता छिपा नहीं पाता था, यह मैंने बाद में नोट किया था।

संवाद, यहीं ठहर गया था। वह गाव तकिए पर अधलेटा, दीवार पर सर टिकाए, तल्लीन था। कोई शब्द नहीं, संगीत हमें जोड़े हुए था। स्वरों के उस पुल को तोड़ते हुए अचानक बोला, "आपको एक कविता सुनाता हूँ।" इससे पहले कि मैं कोई प्रतिक्रिया कर पाता, उसने स्टीरियो का वॉल्यूम कम कर बगल में उल्टी रखी नोटबुक उठा ली।

"इसका शीर्षक है, 'ट्रू लव्स'।" और वह पढ़ने लगा :

" 'स्वीट यूथ,
टेल मी व्हाई, सैड एंड साइंग, डॉस्ट दाउ रोव

दीज प्लीजेंट रिएल्म्स? आइ प्रे दी टेल मी सूथ,
व्हाट इज दाई नेम?' ही सेड, 'माई नेम इज लव,'
दैन स्ट्रेट द फर्स्ट डिड टर्न हिमसेल्फ टु मी,
एंड क्राइड, 'ही लाइथ, फॉर हिज नेम इस शेम।
बट आइ एम लव, एंड आइ वाज वांट टु बी
एलोन इन दिस फेयर गार्डन, टिल ही केम
अनआस्ड बाइ नाइट; आइ एम ट्रू लव, आइ फिल
द हार्टस् आफ बॉय एंड गर्ल विद म्यूचुअल फ्लेम।'
दैन साइंग सैड द अदर, 'हैव दाइ विल,
आइ एम द लव दैट डेयर नाट स्पीक इट्स नेम'।"

कविता मेरी समझ में कुछ आई, कुछ नहीं। बल्कि कहना चाहिए कुछ नहीं आई। पर इससे जो संकेत मिल रहे थे वे बेचैन करनेवाली अनिश्चितता और अनहोनी की आशंका से भरे थे। मेरी अंग्रेजी वैसे भी सरकारी स्कूलोंवाली थी, दॉउ-ऑउ ने बाकी कसर पूरी कर दी थी।

"मेरे लिए कुछ कठिन है। समझानी पड़ेगी।" मैंने मुस्कराने की कोशिश करते हुए कहा।

"मैंने इसका अनुवाद किया है। सुनेंगे?"

इससे पहले कि मैं कुछ कहता वह कागज टटोलने लगा। ज्यादा ढूँढ़ना नहीं पड़ा। एक बोर्ड पर लगे फुलस्केप कागज पर हाल ही में अनुवाद किया गया लगता था। वह पढ़ने लगा,

सच्चा प्यार

" 'ओ प्यारे युवक,
क्यों उदास हो, लम्बी साँसें भरते, बताओ मुझे? मेरा आग्रह है,
सच बतलाओ
क्या है तुम्हारा नाम?' उसने कहा, 'मेरा नाम प्रेम है,'
तब पहला मेरी ओर मुड़ा,

और सिसकते हुए बोला, 'यह झूठ बोलता है, इसका नाम शर्म है।'

लेकिन मैं प्रेम हूँ, और मैं चाहता था
अकेला रहना इस बाग में, इसके आने तक
रात में चुपचाप; मैं वास्तविक प्रेम हूँ, मैं भरता हूँ
लड़कों और लड़कियों के हृदयों को एक साझी आग से।'
तब दूसरे ने रोते हुए कहा, 'तुम्हारी ही जीत है,
मैं ऐसा प्रेम हूँ नहीं है साहस जिसमें अपना नाम लेने का।'

कुछ देर मेरा मुँह ताकने के बाद उसने प्रश्न किया, ''समझे?''

''ज्यादा कुछ नहीं।'' मैंने थोड़ा झिझकते हुए उसके हाथ से डायरी ले ली जिससे कि एक बार फिर से पढ़ सकूँ। उसकी लिखावट वैसे ही सुन्दर थी फिर कविता उसने विशेष सावधानी से लिखी थी—सफेद पृष्ठभूमि पर सच्चे काले मोतियों की माला-सी।

''प्रेम के दो पक्ष हैं। एक अपने को सही कहता है और दूसरे को शर्म। इसलिए उसको रहने नहीं देना चाहता।''

''ओ!'' मैं अब भी बहुत कुछ नहीं समझा था।

मेरी दुविधा को मिटाने के लिए अन्ततः उसने कहा, ''इस कविता के पीछे एक कहानी है। ऑस्कर वाइल्ड से पूछा गया था, ऐसा कौन-सा प्रेम है *'नहीं है साहस जिसमें अपना नाम लेने का।'* उन्होंने इसे इस तरह बतलाया था—

''वह *प्रेम नहीं है साहस जिसमें अपना नाम लेने का।* इस सदी में एक वरिष्ठ का एक युवा के प्रति वैसा ही महान प्रेम है जैसा कि डेविड और जोनाथन के बीच था, वैसा ही जिसे प्लेटो ने अपने दर्शन का आधार बनाया था और वैसा जैसा कि आप माइकलेंजेलो और शेक्सपीयर के सोनेटों में पाते हैं। यह वह गहरा आध्यात्मिक प्रेम है जो उतना ही पवित्र है जितना कि सम्पूर्ण। यह महान कलाकृतियों को

निर्धारित करता है और उन में छाया रहता है उसी तरह जैसे कि आप शेक्सपीयर और माइकलेंजेलो और मेरे दो पत्रों में पाते हैं। इस सदी में यह गलत समझा गया है, इतना गलत कि इसे आप वह *प्रेम नहीं है साहस जिसमें अपना नाम लेने का* में अभिव्यक्त कर सकते हैं और इसी के कारण मुझे इस समय यहाँ खड़ा किया गया है। यह सुन्दर है, यह उत्कृष्ट है, यह प्रेम का सर्वोत्कृष्ट रूप है। इस में कुछ भी अप्राकृतिक नहीं है। यह बौद्धिक है और यह एक वरिष्ठ और युवा के बीच लगातार होता रहा है, जब वरिष्ठ के पास प्रतिभा है और युवा के सामने सारा आनन्द, आशा और जीवन का वैभव है। यह होता है, दुनिया इस बात को नहीं समझती। दुनिया इसका मजाक उड़ाती है और कई बार किसी को कटघरे में खड़ा कर देती है।''

''कहाँ पूछा गया था?''

''कोर्ट में।''

''कोर्ट में?''

''एक मुकदमे के दौरान जिसमें उन पर होमोसेक्सुअलिटी का आरोप लगाया गया था।''

ओ! तो यह कविता इसलिए सुनाई गई है। अब काफी कुछ समझ में आ गया था कि यह दूसरा प्रेम वास्तव में क्या है। यानी डेविड, जोनाथन, प्लेटो माइकलेंजेलो और शेक्सपीयर सभी इसके मारे थे। कहानी ने मुझे और परेशान कर दिया। अचानक मैं असुरक्षित-सा महसूस करने लगा। अपने को बचाने के लिए क्या करना पड़ सकता है, समझ में नहीं आ रहा था। मैं तब यह भी नहीं जानता था कि यह ऑस्कर वाइल्ड है क्या बला? पर मैंने कुछ भी पूछना ठीक नहीं समझा। कोई भी अनजाना कदम मुझे और गहरे फँसा सकता था। यह एक जाल था, एक खेदा। पर वह फिर बोलने लगा था,

''यह कविता उनके मित्र की थी—लॉर्ड एलफ्रेड डगलस की, जो प्यार में बोसी कहलाता था। जैसे मैं अनु कहलाता हूँ।''

वह रुका और मुझे देखने लगा था। मेरी चुप्पी को उसने न जाने क्या समझा। "आप भी मुझे अनु कह सकते हैं," अन्ततः उसने कह ही दिया।

वह क्षण आ गया है, मैं साफ महसूस कर रहा था, जिसकी आशंका कई दिनों से थी। अजीब घबराहट ने मुझे जकड़ लिया था। वासना उसकी आँखों में किसी तान्त्रिक अनुष्ठान के लम्बे धुएँ के बाद की लपटों की तरह सुलगने लगी थी और किसी भी क्षण भड़क सकती थी। मुझे दहशत होने लगी थी। मैंने आँखें घुमा लीं।

वह कह रहा था, "मैं चाहता हूँ आप मुझे चूमें।"

लगा कोई हिंस्र पशु झपट पड़ा है। न चाहते हुए भी मेरी नजर उस पर जा टिकी। उसकी आँखें बन्द थीं। तनाव से लाल चेहरे को पसीने ने पहली बौछार के बाद खिड़की के काँच पर छाई बूँदों की तरह ढक लिया था। जुगुप्सा से मैं गहरे तक भर गया।

शेष शराब को एक ही झटके में गले से उतारकर मैं सीधा बैठ चुका था। गोकि ऐसी किसी भी स्थिति का सामना करने के लिए मैं कई दिन से तैयारी कर रहा था, इस पर भी समझ नहीं आ रहा था, कहाँ से और कैसे शुरू करूँ?

उसने अन्ततः आँखें खोलीं। वह कुछ देर मुझे देखता रहा। उसकी आँखों में चाहत, उम्मीद और याचना की तिरंगी लौ जगमगाने लगी थी।

मैंने गला खँखारते हुए कहा, "देखिए अनुपम जी, मेरी सीमाएँ हैं। यह मेरे लिए बहुत मुश्किल है। मैं सिर्फ औरत ही से प्यार कर सकता हूँ।" मैंने जानबूझकर अपने सम्बोधन को और अधिक औपचारिक बना दिया था। भविष्य में भी मैंने कभी ऐसी कोई छूट नहीं ली कि मेरी भाषा से गलती से भी किसी तरह की औपचारिकता या जरा-सी भी अवांछित निकटता का किसी तरह का कोई आभास तक हो।

"मैंने यह कब कहा आप औरतों को छोड़ दें। मैं भी आपसे किसी औरत की तरह ही प्रेम में भागीदारी करना चाहता हूँ।"

उसका बायाँ हाथ बढ़कर मेरे दाएँ पैर के पंजे को सहलाने लगा था। वह जिस विह्वलता से निवेदन कर रहा था उसने मेरे अन्दर हड़कंप मचा दिया था। मेरे पैर स्वयं ही सिकुड़कर उसके हाथों से दूर हो गए।

मैंने देखा, हताशा में उसका हाथ जमीन को सहला रहा था।

मैंने स्पष्ट करने की कोशिश की, "देखो, वहाँ भी बहुत भटकना मेरी प्रकृति में नहीं है। सेक्स और प्रेम मैं अलग-अलग नहीं कर सकता। प्रेमों की श्रृंखला कम से कम मेरे लिए असम्भव है।"

अचानक जैसे सब कुछ ठहरकर जम गया। चुप्पी का बोझ बढ़ता-बढ़ता असहनीय प्रतिध्वनि में बदलने लगा था। उसके शब्द रेशा-रेशा हो अर्थहीन ध्वनियों के चक्रवात में बदल हर चक्र के साथ द्विगुणित होते जा रहे थे विखंडित होते परमाणु से संहारक।

पैग किसी तरह खत्म कर मैं हड़बड़ाता हुआ उठ गया था।

"ऐसी भी क्या जल्दी है। मुझे तो खत्म कर लेने दीजिए।" वह संभल चुका था। "डरिए मत। आप की सीमाएँ जानता हूँ। आइ रिस्पैक्ट दैम। यू आर सो ऑनेस्ट!" उसने मुझे आश्वस्त करते हुए कहा था।

वह हर रोज की तरह सीढ़ियाँ उतरकर मुझे छोड़ने मोटर साइकिल तक आया था। चलने से पहले उसने कहा, "अच्छा आप एक बार मुझे गले तो लगा लीजिए!"

अन्यथा एक आसान-सा आग्रह, मेरे लिए घोर नैतिक और शारीरिक दुविधा में बदल गया था। और तब मैंने महसूस किया आदमी के लिए शारीरिक क्रियाएँ नहीं बल्कि उनके सन्दर्भ निर्णायक होते हैं। इससे पहले कि मैं कुछ कह पाता, वह मुझ से लिपट चुका था। किसी मूर्ति की तरह मैं जड़ हो गया। इस में कुछ छिपा नहीं था कि यह

सहज भ्रातृत्व या मानवीय सम्बन्धों की अभिव्यक्ति नहीं है। यह किसी को उसकी हताशा में संबल देना भी नहीं है और न ही यह किसी तरह के आनन्द की अभिव्यक्ति है। इसका सरोकार एक अत्यन्त जटिल मानसिकता से है जिसके अनिर्णित भौतिक/शारीरिक और नैतिक पक्षों को नकारना मेरे लिए सम्भव नहीं हो पा रहा था। उसके लिपटने ने मुझे अजीब घिन से भर दिया था। उसके शरीर से उठती पसीने की गंध से उबकाई महसूस होने लगी। किसी विदेशी डीओडरेंट ने इसे और विकृत कर रखा था। पुरुष शरीर की गंध से इस तरह की वितृष्णा मुझे शायद ही उससे पहले कभी हुई हो। यह श्रम के पसीने की नहीं बल्कि वासना और विकृति की दुर्गन्ध थी। और यह विकृत हिंस्र दुर्गन्ध मुझे कई दिनों तक परेशान करती रही।

अगले सारे दिन दफ्तर में उससे मुलाकात नहीं हो पाई। शाम को वह मुझे साग्रह कैफे रॉयल ले गया। मैं और इस झंझट में नहीं पड़ना चाहता था। लौटते हुए पिछली रात ही मैंने तय कर लिया था, जो भी हो अब इसके साथ नहीं रहा जा सकता। न जाने कब क्या कर दे। मैंने कहीं पढ़ा था समलैंगिक अकसर बहुत ही हिंसक और आक्रामक हो जाते हैं। पर वह माना नहीं और रास्ता रोक कर खड़ा हो गया। नाटक को ज्यादा बढ़ाने देना समझदारी नहीं थी, हारकर मैं साथ हो लिया था।

सारे रास्ते हम एक शब्द नहीं बोले थे। टेबुल पर बैठ जाने के बाद भी शब्द हाथ नहीं आ रहे थे। चाय पीते हुए अन्ततः उसी ने कहा, "विक्रम जी, कल का चैप्टर कल ही समाप्त हो गया है। अब उसे भूल जाइए। आप मेरे ऐसे मित्र हैं, जिसे में गँवाने की कल्पना नहीं कर सकता।"

उसके तीन वाक्यों ने मेरे प्राण लौटा दिए थे। मैं कई दिनों तक सोचता रहा था। उस जैसे संवेदनशील और ज्ञानी आदमी से सम्बन्ध खत्म करना न बुद्धिमत्ता है और न ही उसके आकर्षण से इस तरह

अपने को काट लेना आसान। फिर भी मुझे सामान्य होने में कई दिन लगे थे। जो भी हो, मैं उसका आभारी हूँ। उसने शब्दशः अपनी बात निभाई।

सर्दियों के बाद का कोई दिन रहा होगा। पहले का भी हो सकता है। दिल्ली का खुशनुमा मौसम। हम किसी नामाकूल-सी जगह में चाय पीने के बाद पैदल ही थिएटर की ओर बढ़ रहे थे। उसने किसी प्रसंग में अचानक कहा, ''विवाहित लोग कुछ ज्यादा ही 'कल्कुलेटिव' हो जाते हैं।''

मुझे उसकी मुस्कराहट अच्छी नहीं लगी। ''क्या मतलब?'' मैंने पूछा।

''कुछ अतिरिक्त कांशस। कोई भी रिस्क नहीं लेते।''

''विवाह अपने आप में जिन्दगी का सबसे बड़ा रिस्क है, दोस्त। हर एक के वश का नहीं होता।'' मैंने भी आक्रामक तरीके से कहा।

''यू, आई मीन,'' उसने अपने को तत्काल सुधारा था, ''दोज पिपुल, ट्रीड ए बीटन पाथ। इट्स ए बिग कॉस्ट!''

''नहीं, औरत के साथ रहने की यह छोटी कीमत है। औरत से सम्बन्ध का अनुभव असामान्य न होते हुए भी अलौकिक होता है। यह बंजर नहीं सृजनात्मक है। जो इसका अनुभव करता है वही इसे समझ सकता है। फिर विवाहित होने का अतिरिक्त मतलब है, बीईंग रिस्पांसिबल एंड नेचुरल। जिस प्रकृति ने आपको बनाया है उसका दाम चुकाना है। 'इन ए सेंस यस, लाइफ इज ए कैक्युलेशन, ए लांग ड्रान कैक्युलेशन'।''

मैंने उसकी दुखती रग को छू दिया था।

वह काफी देर तक चुप रहने के बाद बोला, ''प्रकृति ने मुनष्य को जो बनाया है उससे वह काफी आगे निकल चुका है। सभ्यता का मतलब ही प्रकृति के नियमों का गुलाम होना नहीं है। उन्हें तोड़ना,

उन पर विजय पाना है।''

''विवाह भी सभ्यता की प्रक्रिया में जन्मी संस्था है। यह आपकी बॉइलाजिकल जरूरत ही नहीं सामाजिक भागीदारी भी तय कर देती है। जिम्मेदारी उसी हिसाब से आ जाती है। और जो सेक्सुअल प्लेजर की तुलना में काफी बड़ी और लम्बी होती है। फिर समलैंगिकता मेरे विचार में उतनी स्वाभाविक भी नहीं है जितनी कि स्वाभाविक सिद्ध करने की कोशिश की जाती है। यह वैकल्पिक या आरोपित ज्यादा है किसी अनिवार्य बुराई की तरह।''

''आप ऐसा कैसे कह सकते हैं! पश्चिमी समाजों में यह स्वीकार्य हो चुकी है। कानूनी।''

''साफ बात तो यह है कि मैं इस मामले में बहुत ज्यादा जानता नहीं हूँ। पर हाल ही में मैंने कहीं पढ़ा था कि पश्चिमी समाजों में समलैंगिकता को स्वीकार करने के पीछे पितृसत्ता का हाथ है जिसमें पुरुषों का बड़े पैमाने पर अपने समाजों से दूर रहना एक अनिवार्यता-सी रही है और आज भी है।''

''क्या मतलब?''

''अमेरिका को ही लो। उसकी सेनाओं में समलैंगिकता कानूनी तौर पर स्वीकार नहीं है पर पिछले रास्ते से है। साफ बात यह है कि अमेरिकी स्टैब्लिशमेंट को अपने नवसाम्राज्यवादी विस्तार के लिए सेना चाहिए और सेना मूलतः एक पुरुषवादी सच्चाई है। एशियाई समाजों में जहाँ पितृसत्ता अपने कट्टर रूप में है उसे, औरतों पर बंदिश और पर्दे के अस्वाभाविक तौर-तरीकों के सीधे नतीजे के तौर पर, देखा जा सकता है। सेना और पुलिस दो ऐसे महकमे हैं जो पितृसत्ता का सबसे प्रभावशाली हथियार हैं और वहीं यह सबसे ज्यादा भी है। यह बात और है कि इस तथ्य यानी कडुए सच से सदा बचा जाता है।''

''पर होमोसेक्सुअलिटि सिर्फ आदमियों तक ही सीमित नहीं है। आपने लेस्बियंस के बारे में सुना है या नहीं?'' उसके स्वर का विश्वास

न जाने कैसे गायब-सा हो गया था।

"लेखक ने उसके लिए भी पुरुष सत्ता को ही दोषी माना है। उसकी मेस्कूलिनिटी को मर्दानगी को, जो सीधे-सीधे स्त्री के दमन के लिए जिम्मेदार है। ये मेरी बातें नहीं हैं पर मैं काफी हद तक इन से प्रभावित हूँ। वैसे भी मैं एक बेगैरत मौत से पिटे हुए रास्ते को बेहतर समझता हूँ।"

"यानी?"

"मैं एड्स और एच.आइ.वी से बचने की हर सम्भव कोशिश करता हूँ।"

"लेकिन एच.आइ.वी पॉजेटिव या एड्स के लिए हेट्रो-सेक्सुअलिटी भी उतनी ही जिम्मेदार है। पर इसके लिए हिन्दुस्तान जैसे समाज में न जाने कितने रास्ते—ब्लड ट्रांसफ्यूजन, सिरिंज से लेकर डैंटिस्ट की चेयर तक—कहाँ-कहाँ नहीं खुले हैं।"

"आपकी बात गलत नहीं है। पर यह एक बड़े रास्तों में है, इसलिए बचने की कोशिश है। अन्तिम बात सम्भवतः यह है कि खतरा मोल लिया भी जाए तो किस चीज के लिए? कुल जमा हासिल क्या है? इट्स ए मिनिंगलेस एक्सरसाइज आफ्टर ऑल?"

इसके बाद वह कुछ नहीं बोला। शो शुरू हुआ और खत्म भी हो गया। जैसा कि हुआ करता था, नाटक के बाद उस दिन कोई बहस, कोई टिप्पणी, कुछ नहीं हुई। प्रस्तुति अच्छी थी, मैंने कोशिश भी की, पर वह अपमानजनक तरीके से चुप रहा। उम्मीद नहीं की थी कि वह इस हद तक उखड़ जाएगा। मेरा इरादा उसे किसी तरह की ठेस पहुँचाने का नहीं था।

खैर, हम संवादहीन विदा हुए।

तेरी नाजुकी से जाना...

दफ्तर में मिलना चलता रहा। पर खिंचाव खत्म नहीं हुआ। दो-तीन हफ्ते सब शान्त रहा। न उसने पहल की न मैंने।

अचानक एक शाम दफ्तर से निकलने से ठीक पहले उसने इंटरकॉम पर कहा, "विक्रम जी, क्या इरादा है? बैठा जाए आज, बहुत दिन हो गए हैं!" सम्भवतः वह मेरे स्वर से मेरी दुविधा ताड़ गया था। यही नहीं कि मैं घर समय पर लौटना चाहता था अन्दर से आहत भी था। इससे पहले कि मैं कुछ कहता बोला, "एक फ्रेंड की एक्जीबीशन है, देखकर निकल लेंगे।"

उसका आग्रह टालना कठिन होता था, उस दिन भी मैं अपने निर्णय पर टिक नहीं पाया। वैसे भी कारण बतलाने में झिझक महसूस हुई थी। उससे परिवार पर बात करना मेरे लिए कभी भी सहज काम नहीं होता था। फिर पारिवारिक कारण बतलाना अपनी मजाक उड़वाना ही नहीं था बल्कि परोक्ष तरीके से उसकी सामाजिक स्थिति को भी

रेखांकित करना जैसा था। श्रद्धा को तो सुमित्रा संभाल लेती थी पर विशाल के साथ दिक्कत बढ़ती जा रही थी। वह देर तक खेलता रहता था और इस चक्कर में स्कूल का काम भी ढंग से नहीं कर पाता था। पिछली पीटीए की मीटिंग में उसकी क्लास टीचर से काफी सुनना पड़ा था। उसके साथ बैठकर होमवर्क करवाना जरूरी हो गया था।

हम सीधे श्रीधराणी गैलरी पहुँचे।

पेंटर 30-32 के आसपास की महिला थी। लम्बा-सा इथेनिक स्कर्ट पहने और गले में बड़ा-सा स्कार्फ डाले खासी स्मार्ट लग रही थी, स्पेनिश डांसर-सी। सुन्दर तो थी ही। उसके शरीर की आभा में ब्यूटी पार्लर के योगदान से इनकार नहीं किया जा सकता था पर असली योगदान उसकी कुलीनता का था जिसने उस पर धूप-पानी लगने ही नहीं दिया होगा। वह कोल्हापुरी चप्पलें पहने थी इस पर भी वह अनुपम की ऊँचाई छू रही थी। जिस मुक्त भाव से वे दोनों गले मिले, साफ था एक-दूसरे को करीब से जानते हैं। महिला की प्रफुल्लता और उनके आलिंगन की प्रगाढ़ता चकित करनेवाली थी। सम्भव है कोई रिश्तेदार हो। दूर की बहन, मैंने सोचा था।

उसने बहुत ही सहज भाव से मिलवाया, "विक्रम जी हैं। ये शर्मिष्ठा हैं, मेरी फ्रेंड।"

"ओ, आई सी!" मेरे मुँह से हठात निकला था, हलके आश्चर्य के साथ।

अनुपम की प्रसन्नता छिप नहीं पाई। वहाँ मुस्कराहट नहीं थी, आनन्द का उजास था। मेरी ओर बढ़ा शर्मिष्ठा का हाथ प्रतिक्रिया की प्रतीक्षा में हवा में ठहरा हुआ था। हाथ मिलाते हुए मेरे दिमाग में, मित्र शब्द कुछ पल को ठहर-सा गया था।

"मैं आपके नाम से परिचित हूँ। अनु आपका जिक्र करता रहता है।"

कहीं कुछ था जो असुविधाजनक और असामान्य था। जैसे

जानबूझकर रची गई कोई फाँस हो और मेरे प्रवेश करते ही जिसका रास्ता बन्द हो गया हो। जैसा भी हो, पर था खेल। मैंने भी 'तो ये बात है' वाले अन्दाज में चुनौती स्वीकार कर ली।

"वाकई आपका हाथ तो बड़ा विशाल है। अनलाइक एन आर्टिस्ट्स हैंड।" यानी उसे अनुपम ने सब कुछ बतला रखा था। दिल हुआ छोकरी का पंजा मसल दूँ।

"बॉक्सर जैसा?" कहते हुए मैंने उसके हाथ को शरारतन हौले से दबा कर छोड़ दिया। उसकी आँखों की कौंध ने, जिसे उसने अनियन्त्रित नहीं होने दिया, मेरी इन्द्रियों के कई झरोखे एक साथ खोल दिए। एल्डराइन ने मेरी नसों में जोर मारना शुरू कर दिया। टेस्टोसटरोन अपना खेल दिखलाने लगा।

"शायद! बट नॉट एज टफ।" खुली जुल्फों को पीछे की ओर समेटते हुए उसने मुस्कराकर कहा था।

"पर आपको कोई खतरा नहीं है, न आप बॉक्सिंग करती हैं और न ही पंजा लड़ाती हैं।"

"यह आपको कैसे पता चला?" उसकी मुस्कराहट शरारत से भरी हुई थी।

"ग़ालिब ने कहा है, *तेरी नाजुकी से जाना*। आप करती हों तो भी मैं तो बॉक्सिंग नहीं करता।"

"अरे वाह, आप पंजा ही नहीं लड़ाते, शायरी भी करते हैं।"

"यह आपको कैसे पता चला?" मैंने उतनी ही मासूमियत से पूछा।

"आपकी बातों से।"

"लीजिए! अरे ये तो दो-चार शेर याद किए हुए हैं, मौके-बे मौके के लिए। और सीखे भी अनुपम जी से ही हैं।"

"मैं पंजा लड़ाने की बात कर रही हूँ। वैसे अनु की सिखाई बातें लोग आसानी से भूलते नहीं हैं। ये यथा नाम तथा गुण हैं।" उसके

स्वर में शरारत का हलका पुट था।

"यह मैंने कब कहा?" मैंने उसकी आखिरी बात को नजरंदाज करते हुए कहा।

"आप बॉक्सिंग नहीं करते हैं, यह किसका स्टेटमेंट था?"

"इसका मतलब यह कैसे हुआ कि मैं पंजा लड़ाता हूँ," मैं जोर से हँसा था।

"चलो, अपनी पेंटिंग के बारे में बतलाओ।" अनुपम बहुत हो गया वाले अन्दाज में बोला था। गोकि वह ऊपर से मुस्करा रहा था, पर मुझे ताड़ते देर नहीं लगी कि शर्मिष्ठा के अप्रत्याशित संकेत से वह उखड़-सा गया है।

सामान्य पेंटिंगें थीं। नौसिखिएपन से भरी, लगभग बचकानी। पर अनुपम जिस इंवाल्वमेंट से देख रहा था, वह असामान्य था। वह पेंटिंगों का खासा पारखी था। सब जानबूझकर हो रहा था।

"बतलाइए कैसी लगीं?" शर्मिष्ठा ने पूछा।

"अनुपम जी बतलाएँगे। वह क्रिटिक हैं।"

"अरे, आप तो आर्टिस्ट हैं। वह तो रोज ही बतलाता रहता है।" कहते हुए उसने अनुपम को कनखियों से देखा। वह मुस्कराया जरूर पर कहीं कोई स्फूर्तता नहीं थी।

"मैं किस बात का आर्टिस्ट हूँ। मैं तो आर्ट से रोटी कमाता हूँ। आर्ट-वर्कर कह सकती हैं। कमर्शियल आर्ट करना कोई आर्टिस्ट होना है!"

"सेक्स वर्कर की तरह।" अनुपम ने हँसते हुए चिपका दिया था। शर्मिष्ठा भी हँसी रोक नहीं पाई थी।

"भाषा के मामले में अनाड़ी हूँ," मैंने बिना हिचक के कहा, "आपका जैसा खिलाड़ी नहीं। पर बात लगभग सही है। जिस काम में आनन्द नहीं है या कहिए इन्वाल्वमेंट नहीं है पर पैसा है या मजदूरी है, उसे और क्या कहेंगे? कला अगर स्वतन्त्रता नहीं है तो क्या है

बल्कि कहना चाहिए स्वस्फूर्तता है, मजबूरी नहीं। वैसे आर्ट-वर्कर न सही आर्ट-कुली कहना बेहतर रहेगा। तब शायद सेंसिबिलिटी हर्ट न हो और शालीनता भी बनी रहे।''

''नहीं, टालनेवाली बातें नहीं चलेंगी।'' वह मेरी वाक्पटुता से अभी भी चमत्कृत मुस्करा रही थी।

अनुपम ने बीच में ही टोका, ''अरे तुम इनसे पार नहीं पा सकतीं। विक्रम जी किसी दार्शनिक से कम नहीं हैं। वैसे भाषा के खिलाड़ी बेशक न हों लाइनों के खिलाड़ी तो हैं ही। न मानें यह इनका बड़प्पन है।''

उसकी इस मरहम-पट्टी ने कोई आराम नहीं पहुँचाया। मैंने चुप रहना ही बेहतर समझा। पर अब तक शर्मिष्ठा अपने को नियन्त्रित कर चुकी थी और सम्भवतः मेरी आहत आत्मा को तुष्ट करने को, अनुपम को नजरंदाज कर बोली थी, ''देयर इज नो ग्रेट डिफरेंस बिटवीन कामर्शियल आर्ट एंड फाइन आर्ट। बेसिकली दोनों एक हैं। वारहोल ने तो कमर्शियल आर्ट को फाइन आर्ट में बदला है। वैसे भी मैं जानती हूँ टेक्नीक पर जैसा कंट्रोल आपका है, शायद ही किसी का होगा। यही मेरी वीकनेस है। आर्ट मैंने स्टिमेटिक ढंग से नहीं सीखा है। कमियाँ जानूँगी तो सुधार पाऊँगी।''

फिर मैंने कोई कंजूसी नहीं की। आखिर वह सुन्दरी थी, और फिर अनुपम की मित्र थी। जितनी तारीफ हो सकती थी कर दी। शारीरिक सुन्दरता ने उसे तारीफ का चाहे जितना आदी बना दिया हो तारीफ किसकी कमजोरी नहीं होती। आर्ट भी कुल मिलाकर एक तरह का एक्जीबीशनिज्म ही तो है।

चलने लगा तो शर्मिष्ठा बोली, ''घर आइए। किसी दिन इन्हें लेकर आओ न अनु।''

गेट तक वह आया, ''मैं शर्मिष्ठा के साथ जाऊँगा। वह उधर ही रहती है।'' कहकर मुझे वहीं छोड़ उल्टे पाँव लौट गया। महिला

के प्रति उसका यह आकर्षण नयी बात थी। मोटरसाइकिल स्टार्ट करने तक न रुकना यद्यपि ऐसी कोई असामान्य बात नहीं थी फिर भी कुछ अखरी तो थी ही। सम्भव था, यह विरोध का उसका तरीका हो। अपने व्यवहार में वह बेइंतहा सजग और कल्कुलेटिव है, यह अब तक मैं अच्छी तरह समझ चुका था। इसलिए उसका कोई भी व्यवहार सामान्यतः प्रयोजन विहीन नहीं हुआ करता था। जानने भर को सिर्फ यह रह गया था कि वह मेरे व्यवहार से असहमत कहाँ है।

अगले छह दिन वह शर्मिष्ठा को समर्पित रहा। रोज एक्जीबीशन चला जाता था। एक दिन लंच में उसने कह ही दिया, ''विक्रम जी, महिलाओं के सामने तो आप खूब मुखर हो जाते हैं।''

वैसे मुझे उसी दिन अहसास-सा हो गया था कि शर्मिष्ठा से मेरा इस तरह बतियाना उसे अखरा है फिर भी मैंने कहा, ''बेशक, वे होती ही ऐसी चीज हैं।''

उसने मुस्कराकर जोड़ा, ''मैं तो आपको बड़ा कमिटेड आदमी समझता था पर आप में तो केसानोवा छिपा है।''

''लगता है मेरे कमिटमेंट को आप थोड़ा नैरोडाउन कर रहे हैं। कृपया इसे व्यापक अर्थों में लें।'' कहकर मैं हँस दिया था। इसमें शक नहीं कि उस दिन मैंने कुछ ज्यादती कर दी थी। शर्मिष्ठा से मैं जिस तरह से पेश आया, वह बाद में स्वयं मुझे बहुत शालीन नहीं लगा था। इतना आक्रामक होकर महिलाओं को रिझाना न मेरा व्यवहार था, न ही स्वभाव। कह नहीं सकता, मैं ऐसा कर कैसे गया! सम्भवतः यह अपनी रुचियों और विश्वासों को लेकर मेरे सार्वजनिक स्टैंड का हिस्सा हो जिसे मैं अनुपम तक स्पष्ट शब्दों में पहुँचा देना चाहता था। एक तरह का डिफेंस मेकेनिज्म, जिसे मेरे अन्तश्चेतन ने स्वयमेव अपना लिया हो। सारी सज्जनता और शालीनता के बावजूद उसकी मंशाओं के प्रति मेरी शंकाएँ और डर पूरी तरह खत्म नहीं हो पाया था। उसकी

लालसाएँ, मुझे डर रहता था, कभी भी जोर मार सकती हैं। जब कभी सड़क पार करते हुए या मोटर साइकिल पर बैठते हुए वह मेरा हाथ या कंधा स्वाभाविक तौर पर भी छूता था तो भी मेरे अन्दर अजीब-सी सिहरन दौड़ जाती थी—वितृष्णा भरी घबराहट की। उसके साथ मैं भीतर से बेहद चौकन्ना और सावधान रहने लगा था।

"ओहो, तो वह आपके बृहत्तर कमिटमेंट का हिस्सा था!" वह व्यंग्य से हँसा था और उसकी हँसी में शामिल होते हुए मैंने जोड़ा था, "तुम सुमित्रा से न कुछ कह देना। मुश्किल हो जाएगी।"

"जरूरत हुई तो कहना पड़ेगा। आखिर मैं आपका फेमिली फ्रेंड हूँ। और फेमिली आपका पहला सरोकार है, जिसके प्रति थोड़ा कमिटमेंट मेरा भी हो ही गया है।"

मैंने बात हँसी में टाल दी। मेरा उद्देश्य पूरा हो गया था।

यह उससे अगले वीक एंड की बात है।

कहने को दफ्तर से बिना किसी योजना के निकले थे। कुल मिलाकर चाय पीने भर का इरादा था। छोटी गैलरी में लगी एक्जीबीशन पर हमने बस नजर डाली थी और त्रिवेणी के रेस्त्राँ में जा बैठे थे। अभी चाय मँगाई भी नहीं थी कि देखा शर्मिष्ठा चली आ रही है।

"देर तो नहीं हुई?" उसने हाय-हैलो के बाद पूछा।

"नहीं तो, बिलकुल समय पर हो। चाय पियो।" अनुपम ने उसका हाथ पकड़कर बैठाते हुए जिस तरह कहा, मुझे थोड़ी हैरानी हुई। यानी सब पहले से तय था। उसकी यही जटिलता मुझे चिढ़ा दिया करती थी। यह बात और है कि धीरे-धीरे मेरी समझ में आया था, यह उसकी कमजोरी से जुड़ी, कुछ वास्तविक कुछ काल्पनिक असुरक्षा ही थी, जिसने उसे इस कदर शंकालु और चौकन्ना बना दिया था। मैंने बातचीत को अनावश्यक तौर पर बिगड़ने नहीं दिया। उसने एक

बार अनुपम की ओर जिस तरह कनखियों से देख मुस्कराते हुए मुझे टोका, "अरे, आप आज बहुत गंभीर हैं, क्या बात है क्या झगड़ा हुआ है?" वह मेरे लिए कम बेचैन करनेवाला नहीं था। न जाने क्यों झेंपते हुए मेरे मुँह से निकला था, "नहीं ऐसी तो कोई बात नहीं है।" आखिर मुझे सफाई की क्या जरूरत थी, सोच-सोच कर काफी देर तक मुझे चैन नहीं मिला।

नाटक जारी रहा। अचानक चाय पीते-पीते शर्मिष्ठा बोली, "चलिए आज आपको क्लब ले चलती हूँ, वहाँ अच्छी बैठने की जगह है। पसन्द आएगा।" पूर्व निर्धारित खेल दोनों मिलकर खूबसूरती से खेल रहे थे। अन्ततः जैसा कि होना था, उसके आग्रह में अनुपम भी शामिल हो गया था। मैंने भी मान लिया।

वह खुद कार चला रही थी। अनुपम साथ बैठा। मैं मोटरसाइकिल पर पीछे चला।

खासा बड़ा क्लब था। स्वीमिंग पूलवाला, चहल-कदमी से भरा। बार की बढ़िया सुविधा थी। अनुपम ने जमकर पी। मुझे सुमित्रा के गुस्से ने अनियन्त्रित नहीं होने दिया। खाना खानेवालों में हम आखिरी थे।

डाइनिंग हाल से निकलते हुए मैंने मुड़कर देखा, शर्मिष्ठा अनुपम का हाथ थामे थी। कसी जीन्स पर वह उतना ही टाइट टॉप पहने थी जिस पर उजला कार्डिन बहुत फब रहा था। वह छरहरी नहीं रह गई थी। कह नहीं सकता यह जरूरत से ज्यादा रोशनी के कारण था या हलके सुरूर के कि इस पर भी वह कुछ ज्यादा ही सुन्दर और युवा लग रही थी। उसका भरा-भरा कद्दावर शरीर अनोखी ऐन्द्रिकता से जगमगा रहा था। सुरूर दोहरा था—कुछ उसका, कुछ उसकी दारू का। मैं पार्किंग लॉट पर खड़ा देर तक उनको आता देखता रहा। वे बहुत आत्ममुग्ध पर सधे कदमों से बढ़ रहे थे। हर कदम का आनन्द लेते हुए, फिल्म के किसी स्लोमोशन शॉट की तरह, मन्थर गति से। शर्मिष्ठा

अब तक उससे और सट गई थी, उसका दायाँ हाथ अपने अनु को कमर से थामे था। शायद वह लड़खड़ा रहा था। या प्यार में पूरी तरह उस पर झुका था, कहा नहीं जा सकता था। बहुत ही आकर्षक जोड़ी थी—एक-दूजे के लिए वाली।

शर्मिष्ठा उसे ले गई। क्या मुझे ईर्ष्या हो रही है? मैंने अपने आपसे पूछा था। पर कहीं कोई जवाब नहीं था—सीधा-सीधा। बसंत के मध्य की दोस्ताना ठंडी हवा ने शराब के नशे को न्यूट्रलाइज करने में देर नहीं लगाई। भागती मोटरसाइकिल में मेरा सारा ध्यान शर्मिष्ठा पर अटक गया था। वह किसी संपन्न परिवार से थी, यह तो स्पष्ट था पर उसकी पृष्ठभूमि वास्तव में क्या थी, अनुपम उसे कैसे जानता है, यह उसने बतलाया नहीं था। झिझक के कारण मैं भी पूछने की हिम्मत नहीं कर पाया। उल्लू के पट्ठे ने कुछ तो बतलाना चाहिए था, मुझे खीझ आ रही थी। वह शर्मिष्ठा को जानबूझकर एक पहेली, एक चुनौती बनाए रखना चाहता था। जैसे सिद्ध करने पर तुला हो कि महिलाओं तक उसकी पहुँच कम नहीं है। वे उसके लिए कोई असम्भव चीज नहीं हैं। शायद उसे मेरी बात ने गहरे आहत कर दिया था कि औरतों से सम्बन्धों के महत्त्व को वही समझ सकता है जिससे उनका संसर्ग रहा हो। जिसने उन्हें अनुभव किया हो। औरतों से उसका नकार, कम से कम अंगूर खट्टेवाला सौदा नहीं था।

मैंने मान लिया था।

अँधेरे कोने

लगभग साल भर की पहचान के बावजूद रहस्यों का एक सिलसिला था जो सतत चुनौती बना हुआ था। मैं सिर्फ उन्हीं बातों को जान पाता था जो अकस्मात सामने आ जाती थीं। कई मामलों में अनचाहे।

बात शुरू के दिनों की है। एक दिन आधी रात फोन आया, "विक्रम जी, मुझे तत्काल एक हजार रुपया चाहिए।"

"अभी?" उसके स्वर की उतावली ने मुझे थोड़ा डरा दिया। फोन मकान मालिक के यहाँ था जो मौके-बेमौके बुला दिया करता था। वैसे भी हम उसकी सज्जनता के प्रति जरूरत से ज्यादा सजग रहते थे और वह नम्बर चुनींदा लोगों को ही देते थे।

"नहीं, कल। चलेगा।"

मैंने राहत की साँस ली। क्या हुआ पूछने पर बोला, मिलनें पर बतलाऊंगा।

दफ्तर वह पहले से पहुँचा हुआ था। वैसे भी मुझे बैंक में खासा

समय लगा था। घर में अटक-बटक के लिए भी दो-चार सौ होना ही काफी हुआ करता था। हजार रुपया उन दिनों बड़ी रकम थी। तब अपने देश में ए.टी.एम क्रान्ति कहीं सीमांत पर मँडरा रही थी।

रुपया सँभालते हुए बोला, "निकलूँगा, मेरा दोस्त बीमार है।"

और गायब हो गया। न फोन, न ही कोई सूचना। दफ्तर में लोग पूछते, तुम्हारा यार कहाँ गायब है। मैं जानता तो बतलाता। तीन दिन बाद जब आया, चेहरा बुझा हुआ था। आदत के विरुद्ध उसके कपड़े तक अस्तव्यस्त थे, और गन्दे। क्या हुआ? पूछने पर बोला, "एडिक्ट है। डी-एडिक्शन के कारण विड्राल सिमटम बढ़ गए। रात-दिन उसके साथ रहना पड़ा। तीन दिन से वही कपड़े पहने हूँ।"

"घर पर है?" मैंने पूछा।

"नहीं, डि-एडिक्शन सेंटर में।" इसके आगे खामोशी रही। कौन है, क्या है, कुछ पता नहीं। दो दिन दफ्तर आकर वह फिर गायब हो गया।

एक रात फिर फोन आया, "सॉरी टु बॉदर यू विक्रम जी। मैं इस हफ्ते नहीं आ रहा हूँ। असल में नीरज को घर ले आया हूँ। उसे देखने की जरूरत पड़ती है। क्या आप एक हजार रुपया और मैनेज कर सकते हैं, तनख्वाह मिलने तक के लिए?"

वैसे भी जब कोई फोन आता तो मेरा तनाव बढ़ जाता था। एक सप्ताह में इस तरह दो बार और वह भी रात को ग्यारह बजे फोन आने ने मुझे कुछ चिढ़ा दिया था। दिन भर न जाने कहाँ मरा हुआ था, मन ही मन कोसते हुए जितना सम्भव हो सका मैंने शुष्क स्वर में कहा, "देखता हूँ।"

वह आसानी से हार माननेवाला नहीं था। बोला, "आपको कुछ तो करना ही पड़ेगा। जितना हो सके।" मेरी चुप्पी से भाँपते हुए बोला, "ठीक है, दफ्तर फोन करूँगा।"

पैसे खर्च करने में उसका जवाब नहीं था। लगभग आधी

तनख्वाह वह सदा एडवांस लिये रहता था। न जाने क्यों सब जानते हुए भी उसे मना करना मेरे लिए सम्भव नहीं था। उस दिन वह पैसे लेने दफ्तर नहीं आया बल्कि शाम को मंडी हाउस मिला।

उस प्रसंग का अन्त भी उतना ही नाटकीय हुआ। जिस एडिक्टेड मित्र का वह इलाज कर रहा था, वह अनुपम का कई महीने आर्थिक शोषण करता रहा। क्यों करता रहा, यह अनुमान कठिन नहीं था। जब अनुपम ने उससे निकलने को कहा तो दोनों के बीच ऐसी मारपीट हो गई कि खूनमखून हो गया। इतना हो-हल्ला मचा कि पड़ोसियों ने पुलिस बुला ली। नीरज उस समय भी 'ड्रग' लिए था। शायद अनुपम भी। उसे तो हमारे मालिक ने छुड़वा दिया पर नीरज न जाने कितने दिन बन्द रहा, कोई नहीं जानता। खैर, कुल मिलाकर अनुपम को दूसरा मकान ढूँढ़ना पड़ा।

इसी तरह एक दिन मैं अपने कुछ आर्ट कालेज के पुराने साथियों के साथ, जो काफी संख्या में इस शहर में जम चुके थे, कॉफी हाउस में बैठा था कि न जाने वह कहाँ से प्रकट हो गया। यहाँ कैसे? मुझे आश्चर्य हुआ था? जिस तरह वह नफासत का मारा और क्लास कांशस था, उससे कम से कम उसके कॉफी हाउस आने की अपेक्षा मुझे तो कतई नहीं थी।

"यहाँ हमारा ग्रुप बैठता है, हफ्ते में एक बार," उसने दूसरे छोर पर बैठे बड़े से समूह की ओर इशारा करते हुए कहा, "पर आप कैसे?"

"मैं भी कभी-कभार आ जाता हूँ, पुराने लखनऊवाले दोस्तों से मिलने। तय करके महीने-दो महीने में।"

उसके चले जाने के बाद एक दोस्त पूछने लगा, "ये कौन है? तुम इसे कैसे जानते हो?"

"क्या मतलब? ये मेरा कुलीग है।" जिस तरह से उसने प्रश्न पूछा था, मुझे कुछ अटपटा लगा।

"इज इट?" वह थोड़ा मुस्कराया और बोला, "होमोज का ग्रुप

है। यहाँ सब जानते हैं।''

''अच्छा,'' मुझे खुद आश्चर्य हुआ था। यह उसके दूसरे स्वरूप से मेरा पहला साबका था। डायरी प्रसंग बहुत बाद का है।

''बुद्ध के दिन रेगुलर आते हैं। इन में कुछ तो ऐसे हैं जो औरतों के कपड़े पहने होते हैं।'' उस मित्र ने और भी स्पष्ट कर दिया।

मित्र की वह बात मेरे दिमाग से निकली नहीं थी। काफी दिनों बाद जब मेरी उससे होमोसेक्सुअलिटी पर लम्बी बात हुई तो मैंने अनुपम से पूछा था, ''यह औरतों के कपड़े पहनने का क्या मर्ज है?''

''जैसा कि मैं कह चुका हूँ, चीजें उतनी सीधी नहीं हैं, जितना आप मानते हैं या जानते हैं। इन्हें ट्रांससेक्सुअल कहते हैं पर-वेशी। ये मूलतः ऐसे लोग होते हैं जिनका शरीर कुछ और होता है और आत्मा कुछ और।''

''यानी?''

''मैं आत्मा को धार्मिक अर्थ में नहीं इस्तेमाल कर रहा हूँ। ऐसे लोग जो शरीर से पुरुष और मन से स्त्री होते हैं जिन्हें अकसर सिसी या स्त्रैण कहते हैं या ऐसी स्त्रियाँ जो आत्मा से पुरुष होती हैं टामबॉय टाइप।''

''होमोसेक्सुअल सम्बन्धों में यह तत्व निर्णायक होता है?''

''नहीं। ऐसे लोग तब तक होमोसेक्सुअल कहे जा सकते हैं जब तक कि सेक्स चेंज नहीं करवा लेते। पर होमोज के लिए यह स्थिति जरूरी नहीं होती। उन में किसी तरह का प्रत्यक्ष डेविएशन या विचलन नजर नहीं आता। अगर होगा भी तो बहुत थोड़ा। कुल मिलाकर सामान्य होते हैं। लैंगिक सीमाएँ इन सम्बन्धों में आड़े नहीं आतीं। ये मात्र लैंगिक सम्बन्ध नहीं होते, बल्कि इन में भावात्मक निर्भरता भी होती है।''

''वस्त्रों का चुनाव इसमें बाध्यता क्यों है?''

''ऐसा नहीं है।''

''भार्गव बतला रहा था कि वह एक ऐसे लेस्बियन कपल को जानता है जिसमें एक पुरुष का रूप धरे रहता है।'' उस दिन अनुपम काफी खुलकर बातें कर रहा था इसलिए मैं भी सवाल करता गया।

''सम्भवतः पुरुष वेश रखनेवाली औरत ट्रांससेक्सुअल होगी। यह भी सम्भव है यह सम्बन्धों की रूढ़ सामाजिक समझ के कारण हो। इसे आप सांस्कृतिक माइंड सेट भी कह सकते हैं।''

पर कुछ ही समय बाद उस 'गे ग्रुप' को कॉफी हाउस छोड़ना पड़ा था। अनुपम से ही पता चला था कि पुलिस लगातार परेशान करती है। शायद कॉफी हाउस के लोगों ने भी शिकायत की थी। किसी भी सार्वजनिक जगह पर उन्हें मिलने नहीं दिया जाता था। अन्ततः वे बारी-बारी से किसी एक दोस्त के यहाँ इकट्ठा होने लगे थे। उसके कारण मुझे जाने-अनजाने उन लोगों के बारे में कई तरह की जानकारियाँ मिलती रही थीं। जैसे उनके अड्डों में कनॉट प्लेस का सेंट्रल पार्क, जंतर-मंतर और नेहरू गार्डन हुआ करते हैं। वैसे पार्टनर की यह तलाश हर जगह जारी रहती है—सिनेमाघर, थिएटर, आर्ट गैलरी से लेकर पहाड़गंज के सस्ते होटलों और फाइव स्टार तक। जहाँ जिसे जैसा मौका लगा। ये अड्डे पुरुष समलैंगिकों के लिए थे, जहाँ वे क्रूजिंग किया करते थे। घर-दफ्तर और मुहल्लों में यह खेल खतरनाक साबित हो जाया करता था—मार खाने से लेकर जेल जाने तक। इस पर भी चलता तो था ही। उसी तरह जिस तरह स्त्री-पुरुष सम्बन्धों का कार्य-व्यापार चला करता है। पर लेस्बियनों के लिए दुनिया इतनी खुली नहीं थी। किसी स्त्री की इतनी प्रबल यौनिक अभिव्यक्ति आसानी से गले नहीं उतरती। इसलिए समलैंगिकता सामान्य तबके के पुरुषों में जितनी देखने को मिल सकती है उसकी तुलना में स्त्रियों में स्थिति उलट है। वहाँ यह एलीट तबके की कुछ तथाकथित 'बदचलन' औरतों, जिनके पति इस्मत चुगताई की कहानी 'लिहाफ' की तरह या तो नपुंसक या बिगड़े हुए हुआ करते हैं या फिर

जो अपने होस्टल के दिनों में बिगड़ चुकी होती हैं, के अनाचार के अलावा और कुछ नहीं माना जाता था। उनके प्रति आक्रामकता, विशेषकर पुरुष असहिष्णुता, कहीं ज्यादा हुआ करती है। उन्हें अपनी पहचान छिपानी होती है और अकसर पुरुष यौन हिंसा की शिकार हो जाया करती हैं, मानो पौरुष के लिए चुनौती हों। जबकि पुरुष समलैंगिकता को अकसर पौरुष का ही एक बिगड़ा पर सशक्त रूप मानकर नजरंदाज कर दिया जाता है। इसलिए वे अपने साथियों की तलाश आसपास ही किया करती हैं, बहुत सावधानी से। अकसर गे सोसाइटियों और *बॉम्बे दोस्त* जैसी या फिर अंडरग्राउंड पत्रिकाओं में।

इंटरनेट तब तक आया नहीं था। आया भी था तो लोकप्रिय होना बाकी था।

एक किस्सा उसकी डायरी में था। न जाने कहाँ क्रूजिंग में उसे एक बेल्जियन टकराया जिसके साथ वह इधर-उधर घूमता रहा। देर तक पीने के बाद डिनर से निपटकर वह अनुपम को अपने फाइव स्टार होटल ले गया और उससे मुख मैथुन की माँग करने लगा। उसके किसी तरह न मानने पर बेल्जियन ने इतने जोर का घूँसा मारा कि अनुपम लगभग बेहोश-सा हो गया। बेल्जियन ने आधी रात को उसे उसी हालत में घसीट कर कमरे से बाहर कर दिया। नशे और घूँसे की मार से अर्द्ध मूर्च्छित वह गैलरी में पड़ा ही था कि बेल्जियन फिर आया और उसकी जेब में जबर्दस्ती कुछ डालकर चला गया। कुछ देर बाद अनुपम को लगने लगा मानो धरती खिसक रही हो। समझ में आते देर नहीं लगी कि सिक्यूरिटी के दो आदमी उसे दोनों बाजुओं से थामे लगभग घसीटते हुए ले जा रहे हैं। सम्भवतः वे माने बैठे थे कि वह नशे में धुत्त है और लगातार पूछते जा रहे थे, अरे कहाँ जाएगा, भाई। किसी तरह उसने इलाका बतलाया। होटल के कम्पाउंड से बाहर लाए जाने तक वह काफी सम्भल चुका था। उन्होंने एक थ्री-व्हीलर तय कर उसे चलता कर दिया। आधी रात की ठंडी हवा ने बाकी मूर्च्छा भी भगा

दी थी। उसने अपना पर्स टटोला, सही-सलामत था। फिर उसे याद आया, कमीज की जेब में बेल्जियन कुछ घुसेड़ रहा था। देखा कि सौ-सौ के कुछ नोट हैं।

उसे अचानक बेहद गुस्सा आ गया। साला, प्रॉस्टीट्यूट समझे बैठा है। कुत्ता गोरा 'सेवा' के पाँच सौ दे रहा है! उसने ऑटोवाले से कहा, "वापस होटल चलो, दो मिनट। मेरा पर्स गिर गया है।"

होटल के दरवाजे पर गार्ड ने पहचानने में देर नहीं लगाई। उसने समझाया, "देखो, मेरा पर्स गिर गया है। उसमें आइकार्ड और लाइसेंस है। उसे लेना जरूरी है।"

अब तक वह काफी सम्भल चुका था। अन्ततः फैसला हुआ कि गार्ड भी उसके साथ जाएगा।

बेल्जियन को उठाने के लिए तीन घंटियाँ बजानी पड़ीं। जैसे ही दरवाजा खुला अनुपम ने उसे अंग्रेजी में चुनींदा गालियाँ देते हुए कहा, "यू ब्लडि फकर! यू आर पेईंग मी फॉर सेक्स? होल्ड इट," और सौ-सौ के नोटों के टुकड़े-टुकड़े कर बेल्जियन के मुँह पर फेंके और सर से जोर की टक्कर मार कर लौट गया। इतने अप्रत्याशित हमले के लिए बेल्जियन तैयार नहीं था। शायद वह नींद में था ऊपर से गालियों की बौछार ने उसे हिलाकर रख दिया था। वह सम्भल नहीं पाया और जब तक खड़ा हो पाता, अनुपम धड़ाधड़ सीड़ियाँ उतर चुका था।

अपमान का बदला लेने के बाद वह अचानक सामान्य हो गया था। पीछे-पीछे लगभग दौड़कर आते हुए गार्ड को सौ रुपए का नोट देते हुए उसने कहा, "यह तुम्हारे लिए हैं। तुम गेट पर जाओ, मैं पीछे से निकल रहा हूँ।"

इसी तरह एक बार वह एक जापानी के साथ भी गायब हुआ था। जापानी अनुपम को खोजता हुआ दफ्तर तक पहुँचा था। उसे कुछ हिन्दी वाक्य आते थे और कुछ अंग्रेजी के। दोनों ही नाकाफी। अनुपम उसके साथ दो महीने संवादहीनता में किस तरह घूमता रहा,

यह आश्चर्य की बात थी। निश्चय ही वह कोई और चीज थी जो उन्हें बाँधे थी। जो भी हो, वह बौद्ध धर्म या दर्शन तो कम से कम नहीं ही था।

कपूर साहब के, जो कम्पनी के मालिकों में थे और उसे लाए थे, पूछने पर कि कहाँ गायब हो गए थे? बोला, "तीर्थाटन कर रहा था। लुम्बिनी, सारनाथ, सांची, गया और नालन्दा।"

इस पर उन्होंने हँसकर कहा था, "तीर्थाटन तो ठीक है, पर मोक्ष प्राप्ति का रास्ता न पकड़ लेना।"

इस पर वह खूब हँसा था, "आप मेरी नियति अच्छी तरह जानते हैं।"

"नियति तो सबकी एक ही है। पर मौत डिग्निफाइड होनी चाहिए।" कपूर साहब जो इशारा कर रहे थे वह छिपा नहीं था।

"यह तो आप 'वीरों का कैसा हो बसंत' वाली बातें कर रहे हैं। वेरी शॉवेनिस्टिक। तब तो पाकिस्तान बार्डर पर नहीं तो कम से कम कश्मीर या नागालैंड में आतंकवादियों से लड़ते हुए मारा जाना ही एकमात्र रास्ता बचता है। वरना मौत तो मौत है, कैंसर से हो या हार्ट अटैक से या फिर जैसा कि आप डरा रहे हैं, एड्स से पटाक्षेप हो। कोई बहुत फर्क नहीं पड़ता।"

"पड़ता है प्यारे, फर्क पड़ता है।" उदार होने के बावजूद कपूर साहब उतने आधुनिक नहीं हुए थे। उन्होंने जोड़ ही दिया, "लैपर, अनटचेबुल हो जाने में कोई आनन्द नहीं है। जैसे तुम्हारा प्रिय गायक मरा। अब उसकी मौत के कारण को भी छिपाया जाता है।"

"आइ डांट वांट ऐनी बास्टर्ड अराउंड मी व्हाइल आइ एम डाईंग, सर!"

जवाब सुनकर सब सकते में आ गए। वह मुस्करा रहा था, पर उसकी दमित हिंसा और नियन्त्रित क्रोध सारे वातावरण को देर तक प्रकम्पित करता रहा था।

कपूर साहब को जैसे साँप ही सूँघ गया था। मेरे दिमाग में कई दिनों तक घूमता रहा कि आखिर फ्रैडी कैसे मरा? क्या निमोनिया से नहीं मरा? और एक दिन हिम्मत करके मैंने कपूर साहब से पूछ ही लिया। उन्होंने तत्काल तीर-सा उत्तर दिया, "एड्स से मरा और कैसे मरा! आप भी बहुत इनके साथ इंटलैक्चुअल बने घूमते हैं। बाल-बच्चों का खयाल है! जरा बच के रहिएगा।" मैं लगभग बौखलाता हुआ उसके कमरे से बाहर आया था।

इस तरह की बातों से और जो होता सो होता बाकी दफ्तर को भी उसके बारे में जानने को कुछ नहीं बचा। वह गे था, तुनकमिजाज और बेशर्म, जिससे लोग कम से कम वास्ता रखना चाहते थे। न उसे कोई घर बुलाता था न बच्चों से मिलवाता था। वह खतरा था, जो किसी को भी और कहीं भी शिकार बना सकता था। चलता-फिरता ड्रेकुला।

वो जो थी

मैंने निर्णय कर रखा था, कुछ हो जाए अपनी ओर से शर्मिष्ठा की बात नहीं करूँगा। सम्भवतः वह मुझे तौल रहा था—मनोवैज्ञानिक परीक्षा-सी कुछ। अन्ततः कई दिन बाद चुप्पी टूट ही गई।

"शर्मिष्ठा याद कर रही थी," उसने जितना सम्भव हो सकता था, तटस्थ स्वर में कहा।

"कौन?" मैंने पूरी तरह अन्जान बनते हुए कहा।

एक पल को मेरे चेहरे को टोहने के बाद उसने कुछ खीझ भरे अन्दाज में कहा, "अरे शर्मिष्ठा! भूल गए क्या? जिसकी एग्जीबीशन में गए थे?"

"ओह, शर्मिष्ठा, जिसने डिनर करवाया था," मैंने याद करने का पाखंड कर थोड़ा शरारती लहजे में कहा, "असल में नाम थोड़ा कठिन है, अनयूजुअल-सा, याद नहीं रहा।"

"कब चलें?" मेरे हरामीपन को नजरंदाज कर उसने सीधा

सवाल किया।

"जिस राह जाना नहीं, उसका पता क्या पूछना?"

"क्यों, आप तो उसे देख झूमने लगे थे।"

"बस, उतने तक ही ठीक था। खेल और यथार्थ में यही अन्तर है।"

"क्या मतलब?" वह उखड़ता लगा।

"मैं प्रेम के अन्तहीन सिलसिलों का कायल नहीं हूँ। मैं बतला ही चुका हूँ।"

"क्यों? इसमें क्या बुराई है?"

"समय बहुत खराब होता है। फुलटाइम जॉब है और मेंटली भी कम डिस्टर्बिंग नहीं है। कीमत कुछ ज्यादा है। हर एक के लिए इसे चुकाना सम्भव नहीं है। आइ एम ए नार्मल ह्यूमैन बीइंग, विद लिमिटेड मीन्स एंड लिमिटेड एनर्जी।"

"परिवारवाले बड़े प्रूडिश होते हैं। हिपोक्रेट। कभी अचानक छलिया हो जाते हैं और कभी साक्षात महात्मा बुद्ध का रूप धारण कर लेते हैं।"

"ऐसा नहीं है। जरमनी दास की किताब पढ़ी होगी। यह राजा-रजवाड़ों का खेल है। उन्हीं के पास चौबीस घंटे संभोग की मुद्रा में रह सकने की सामर्थ्य, समय और संसाधन होते हैं।"

"अच्छा छोड़िए महाराजाओं का किस्सा। फिलहाल मैंने उससे एक कॉमनर को लेकर आने का वायदा किया है। इसलिए एक बार तो चलना होगा।"

मैंने मौके का फायदा उठाते हुए, पूछ ही लिया, "यह है क्या बला? जिसमें आपकी इतनी दिलचस्पी है?"

"बला नहीं बाला है।" उसने आनन्द लेते हुए कहा, "सेठानी है। इनकी बंगाल में तीन-चार रोलिंग मिलें और कोयले की खानें हैं। इसकी गौरव से मुलाकात कोलकाता में ही हुई थी। इसके पिता का

दैनिक अखबार है। हस्बेंड यानी गौरव ने गार्मेंट एक्सपोर्ट का काम शुरू किया है और दिल्ली को अड्डा बनाया है। पैसा कमाने से उसे फुर्सत नहीं है। इसने कभी पेंटिंग सीखी होगी बतौर फैशन, आप तो जानते ही हैं कि बंगाल में हर आदमी कलाकार पैदा होता है, अब समय काटने के लिए फुल टाइम पेंटर हो गई है। जो भी हो, कुल मिलाकर है कल्चर्ड बैकग्राउंड की, व्यापारी वाला मामला नहीं है। पढ़ने-लिखने का भी शौक है ही। जहाँ तक मेरी रुचि का सवाल है—औरत है, सुन्दर है।" अन्त में उसने कुछ शरारती अन्दाज में जोड़ा, "आप की तारीफ कर रही थी। कहना चाहिए फिदा है।"

"माने?"

"थोड़ी कोशिश और करें तो दोस्ती चल निकलेगी। "

मैं उसका इशारा समझ रहा था, "कोशिश करने पर तो किसी के भी साथ दोस्ती हो सकती है। पर कोशिश का समय कहाँ है।"

"ऐसे कोई लम्बे-चौड़े समय की जरूरत नहीं है। इतनी लम्बी-चौड़ी दुनिया पड़ी है, खेलने-खाने के लिए। यानी समय उसके पास भी नहीं है। कुल मिलाकर बात इतनी-सी है, उसे आप पसन्द आए हैं। इसके बाद यह सुविधा का मामला है। पसन्द का क्या है, कब बदल जाए! और बदलनी भी चाहिए।"

"जितना जल्दी हो बेहतर है। खैर छोड़ो, यह बताओ, आपसे कैसे आ टकराई? किसी 'गे ग्रुप' में?"

"नहीं-नहीं वैसा कुछ नहीं है। दो-एक साल पहले की बात है। एक पार्टी में मिली थी, जहाँ हम दोनों लगभग बाहरी आदमी थे। अकेलेपन के भी अपने दबाव होते हैं। उन दिनों मैं गॉसिप कॉलम लिखा करता था, इसलिए अकसर कहीं न कहीं बुला लिया जाता था। दुनिया आप जानते ही हैं कितनी छोटी है, विशेषकर कल्चर-वल्चर की। घूमफिर कर वही चेहरे नजर आते हैं। फिर तो अकसर ही टकराने लगे। कभी इस एग्जीबीशन में तो कभी उस एग्जीबीशन में और बस

यों ही दूरियाँ कम होती गईं। ''

''सिर्फ इतनी-सी कहानी!'' मैं मुस्कराया था। पर उसने अनदेखा कर दिया।

''असल में,'' उसकी बात अभी खत्म नहीं हुई थी, ''पहली बार किसी महिला से मेरा शारीरिक सम्पर्क हुआ है तो इसी से हुआ। नेचुरली शी इज ब्यूटीफुल एंड इंटेलिजेंट। अच्छी साथी है–उदार और केयरिंग। इन्हीं सब चीजों ने मुझे आकर्षित किया। मैंने बता दिया था, आइ एम गे। महिलाओं में मेरी रुचि नहीं है। आइ मीन सेक्सुअली। लेकिन वे अच्छी मित्र तो होती ही हैं। इस बात ने उसे और भी एक्साइट कर दिया। प्रोबेबली शी टुक इट एज ए चेलेंज। कहने लगी, कालेज के दिनों में मैं भी लेस्बियन थी। कह नहीं सकता कितना सच है। निकटता बनाने या फँसाने के लिए भी हो सकता है। एनी केस, फिलहाल स्ट्रेट है। वरना शादी नहीं करती। और कोई साथी भी नहीं है। जहाँ तक मेरा सवाल है, मैं इतना रिजिड भी नहीं हूँ, हठयोगियों जैसा। एक एक्पेरीमेंट भी था ही। मैं जानना चाहता था, आखिर औरतों में ऐसा है क्या। मौका मिलते देर भी नहीं लगी। इसके हस्बैंड को 15 दिन के लिए यूरोप जाना पड़ा। सामान्य तौर पर यह पेरेंट्स के पास या ससुराल चली जाया करती थी। पर उस बार यहीं रही।''

''बच्चे नहीं हैं क्या?''

''नहीं।'' इससे पहले कि मैं कुछ कह पाता, उसने जोड़ा, ''जान-बूझ कर नहीं हैं। पर अब पैदा करने का मन बना लिया है।''

''तभी तो यह सब हो रहा है।'' मैंने मुस्कराकर कहा।

मेरी बात से किनारा कर वह फिर से कहने लगा, ''एक दिन नहीं, मैं हफ्ते भर साथ रहा। इसने कई तरह एक्पेरीमेंट किए पर एक हद तक ही सफल हो पाई,'' कहते हुए अनुपम ने बैग से कुछ फोटो निकाल कर मुझे थमा दिए।

पोलराइड कैमरे के थे, फिर भी स्पष्ट थे। ऐसे चित्र मैं जिन्दगी

में पहली बार देख रहा था। पोर्नोग्राफिक थे, ऑब्सीन थे, इराटिक थे या फिर पर्वर्ट थे, कहना मुश्किल था। जैसे कि एक में अनुपम का सिर चुन्नी से ढका था। होंठों पर लिपिस्टिक और माथे पर बड़ी-सी बिन्दी थी। वह लगभग औरत में तबदील हो चुका था। अगर आप नहीं जानते तो पहचानना मुश्किल था। खुद वह साफा बाँधे थी और मूँछें बनाए थी। अन्य चित्र में अनुपम बिना कमीज के था और उसके सीने पर चूचकों के चारों ओर लाल और सफेद रंग के एक-दूसरे को घेरे गोले इस तरह बने हुए थे कि भरे-पूरे स्तनों का आभास दे रहे थे। एक और चित्र में वह निर्वस्त्र लेटी थी और उसके शरीर पर लिखा था यू आर ब्यूटीफुल बट...। यानी अनुपम शरारत से बाज नहीं आया था। इसी तरह के चित्रों का सिलसिला था जो अपनी नग्नता से कहीं ज्यादा अपनी स्थितियों के लिए स्तब्धकारी थे। उनके अर्थ संकेत कम हैरान करनेवाले नहीं थे।

"ये क्या है?" मेरे मुँह से निकला था।

फोटोग्राफ वापस लेते हुए उसने एक थकी-सी हँसी के साथ कहा, "सेलिब्रेशन ऑफ लव; ऑफ बॉडी। चाहें तो कह सकते हैं, इट्स बॉडी आर्ट। इस कला की अपनी सेंसुअसनेस है। शरीर पर सँवरते ठंडे ब्रशों की छुअन और फिर उनसे निकले रंगों और उनके शेडों की उष्मा और उनका 'इल्यूज़न' आप कल्पना नहीं कर सकते शरीर किस तरह ट्रांसेंड कर जाता है। शरीर शरीर नहीं रहता, चलते-फिरते कैनवास में बदल जाता है।" उन्हें फिर से उलटते-पलटते हुए उसने जोड़ा, "लेकिन दुर्भाग्य से इस सब अनुष्ठानिक और एलोबोरेट खेल के बावजूद वह मुझे मोड़ नहीं पाई। मेरे लिए बाद के दिन बहुत टार्चरस हो गए। किसी तरह जान बचाकर भागा था।"

मैं अभी तक उन चित्रों के शॉक में था, जिनका तर्क उसकी इस भाषणबाजी के बावजूद मेरी समझ से परे था।

फोटोग्राफों को सँभालते हुए उसने जोड़ा था, "मैंने कुछ भी

जान-बूझ कर नहीं किया। ईमानदारी से अपने को खुला छोड़ दिया था। इट्स नॉट बॉडी एक्चुअली, व्हिच इज डिटर्मिनिंग फैक्टर। मानसिकता और व्यवहार भी काफी हद तक आपके झुकाव के लिए निर्णायक साबित होता है।''

''मैं समझा नहीं आप क्या कह रहे हैं।'' वह अकसर ही कुछ अमूर्त और सबजेक्टिव हो जाता था, जिससे बहुत-सी बातें मेरे सर के ऊपर से निकलने लगती थीं।

''मतलब,'' जैसे शब्द तलाश रहा हो, कुछ पल के लिए ठहरकर फिर बोलने लगा, ''औरतें जोंक की तरह होती हैं। जरूरत से ज्यादा अटेंशन माँगती हैं और जरूरत से ज्यादा अटेंशन आपको देती हैं। क्या पहनूँ? साड़ी कैसी है? सब्जी कैसी है? क्या खा रहे हो? क्यों खा रहे हो? क्यों नहीं खा रहे हो? क्या पढ़ रहे हो? यहाँ तक कि क्या सोच रहे हो? डिपेंडेंस ऐसा कि बिना सहारे के न एक कदम खुद चलेंगी, न ही चलेने देंगी। इट्स ए माइंड कंट्रोल मैकेनिज्म!'' उसने लगभग निर्णायक स्वर में कहा और जोड़ा, ''यहाँ तक कि सेक्सुअल एक्ट में आपका आनन्द उनके आनन्द से रिलेटेड है। 'फेलियर इस मार्टिफाइंग। डिग्रडिंग।'' उसने अजीब-सा मुँह बनाया।

मैं हँसे बिना नहीं रह पाया था, ''आप नीड बेस्ड रिलेशनशिप चाहते हैं। इधर लो उधर दो। दम लगाई खिसके वाला!''

''जी नहीं, बराबर का सम्बन्ध। ऐसा सम्बन्ध जो भावात्मक बराबरी का हो। जो सबको ब्रीदिंग स्पेस देता हो, बिना अनावश्यक हस्तक्षेप के। जहाँ भूमिकाएँ बदली भी जा सकती हों।''

''यानी?''

उसने कुछ रुककर उत्तर दिया, ''यानी, जहाँ जरूरत होने पर आप भी किसी पर निर्भर कर सकें।'' कुछ क्षण रुककर जोड़ा, ''भावनात्मक स्तर पर ही नहीं बल्कि ठोस रोजमर्रा की जरूरतों के सन्दर्भ में भी।''

समझ में नहीं आया रोजमर्रा की किस तरह की जरूरतों की बात कर रहा है। आखिर ऐसी कौन-सी कमी महसूस करता होगा?

गोकि शर्मिष्ठा की असफलता को अपनी जीत मान रहा था लेकिन ऐसा भी नहीं था कि इस हार ने उसे जरा-सा ही सही, पर डिस्टर्ब न किया हो। यह प्रसंग किसी ऐसे मैडिकल टेस्ट की तरह निर्णायक साबित हुआ था जिसने उसके जीवन की धारा के बारे में अन्तिम रूप से फैसला दे दिया था। अब जो था, जैसा था उसे मानने के अलावा रास्ता नहीं बचा था। सारी बातों के बावजूद मुझे अर्से तक लगता रहा था कि वह अपने तथाकथित रुझान को लेकर भी कहीं न कहीं अनिर्णयात्मक स्थिति में रहा था। शायद एक द्वंद्व था—प्रकृति द्वारा निर्धारित उसकी शारीरिक नियति और उसके द्वारा (चाहे जो भी कारण रहे हों) उस नियति का अस्वीकार्य के बीच—का, एक त्रासद द्वन्द्व, जो उसे चैन नहीं लेने दे रहा था।

"अच्छा हुआ, पिंड छूटा," मैंने हँसते हुए कहा।

"नहीं, ऐसा भी नहीं है। वह मुझे छोड़ना नहीं चाहती है। वह चाहती है कि मैं उनके साथ ही रहूँ।"

"उनके साथ! क्या मतलब?"

"उनके साथ। यानी उसके और उसके पति के साथ, तीसरे पार्टनर के तौर पर।"

"ये क्या बात हुई! यानी वह एक पति की आड़ में दो पति चाहती है।" उसने जितने सामान्य तरीके से कहा था, मुझे उतने ही जोर का धक्का लगा था। ऐसी अनहोनी और असम्भव बात! शायद इसीलिए मेरी प्रतिक्रिया इतनी हिंसक थी। कोई औरत इस तरह की बात भी कर सकती है, यही अकल्पनीय था।

"हाँ, अजीब तो है। पर उसका कहना है कि मेरा पति काफी लिबरल है। मैं उससे कहूँगी कि तुम भी हमारे साथ रहोगे। मेरे और उसके बीच की कड़ी के रूप में।"

"क्या?" मैं अवाक् रह गया।

"यानी उसका पति आपसे और उससे दोनों से सम्बन्ध रखे।"

"दूसरे शब्दों में आपको उसकी सौत और पति की दोहरी भूमिका निभानी होगी। माई गुड गॉड!" मेरे मुँह से हठात निकला। समझ के बाहर हो गया कि यह कौन-सी दुनिया है। स्वाभाविक और प्राकृतिक होना, जहाँ अर्थ खो बैठा है। लगा मैं तान्त्रिकों की गलीज दुनिया में भटक गया हूँ जहाँ व्यभिचार एक मूल्य में बदल गया है। कम से कम मेरे लिए साफ था कि शर्मिष्ठा की समस्या थ्रिल की तलाश में भटकती एक खायी-पीयी औरत की समस्या है। और जरूरत से ज्यादा थ्रिल ने उसे लगभग असामान्य बना दिया है।

दूसरी ओर अनुपम था। जो यौन व्यवहार में गड़बड़ी का शिकार था। पर्वसन नहीं तो भी वह किसी और की, एक तरह की, पथभ्रष्टता का शिकार रहा था और अब उसने अपने उस उत्पीड़न को अपनी नियति मान लिया था। पर जिसे वह मानने को तैयार नहीं था। यह मेरा तर्क था, जो मैंने उसे बतला भी दिया था, "अगर यह स्वाभाविक है तो प्रकृति ने उसे कुछ और ही बनाया होता। या फिर अगर वह प्रकृति की देन है तो प्रकृति के विकास की दिशा ही मुड़ गई लगती है। आदमी और औरत के बीच के भेद को खत्म करने की ओर। एक ऐसे उभयलिंगी जीव को विकसित करने की प्रक्रिया में जिसमें न औरत औरत होगी न आदमी आदमी। यानी वह औरत भी होगा और आदमी भी।"

"सम्भवतः आपकी बात सही हो, कम से कम डार्वीनियन सिद्धान्त के तहत। आखिरकार विकास तो हो ही रहा है। और फिर ऐसी 'स्पीसीज' अब भी हैं जो नर भी हैं और मादा भी।"

मुझे शक हुआ, औरतों के प्रति उसकी इस मानसिकता के बनने में ऐसा तो नहीं इसकी माँ के व्यवहार की भी भूमिका रही हो। कुछ हद तक ही सही। तब इसकी माँ को डामिनेटिंग होना चाहिए था।

पर ऐसा कुछ उसने कभी आभास नहीं होने दिया था। न ही यह मेरा स्पष्ट तौर पर आब्जर्वेशन ही था। कयास भर कह सकते हैं। जब यह किशोर ही था, पिता का देहान्त हो गया था। वैसे भी वह सेना में थे, इसलिए भी यह ज्यादातर अपनी पॉजेसिव माँ और बहन के संरक्षण में ही बड़ा हुआ था। और निश्चय ही वे इसे बहुत प्रोटेक्ट करके रखती होंगी। पुरुषों के प्रति आकर्षण कहीं उसी कमी के इस विशृंखल व्यवहार में बदल जाना तो नहीं होगा? या फिर स्त्रियों के प्रति अति सम्मान और पवित्रता के भाव ने इसे इस तरह पंगु कर दिया हो। कुल मिलाकर मैं चीजों को जोड़कर एक समझ बनाने की कोशिश कर रहा था, जो बहुत ही मोटे स्तर पर फ्रॉयीडियन कही जा सकती थी।

मैंने देखा उसके चेहरे पर इस उम्र में भी एक कैशोर्य, मासूमियत और आकर्षण है। कहीं शर्मिष्ठा को यही तो नहीं भा गया होगा? वह उसमें एक बच्चे और प्रेमी को एक साथ तो नहीं तलाश रही होगी? उसकी विशृंखलता को बाल सुलभ शरारत मानकर आनन्द लेती हुई।

मैंने पूछा, "पति ने क्या कहा?"

"क्या कहता!" उसने टालने की कोशिश की।

"क्या कहा?" मैंने प्रश्न दोहराया।

"इट्स ए पर्वर्स फैंटेसी।" वह जैसे हर शब्द को चबा रहा हो।

मैं पूछना चाहता था, अगर वह हाँ कर देता तो तुम क्या करते? पर पूछ नहीं पाया। वह कहता गया, "पर छोड़िए इन बातों को। इससे कोई फर्क नहीं पड़ता। आपने उसके यहाँ चलना है।" और बहुत ही शरारत भरे अन्दाज़ में जोड़ा था, "मैंने उससे पूछा था, वह आपके साथ सम्बन्ध को तैयार है। वी कैन हैव फन टुगैदर!"

यह उस दिन का दूसरा झटका था।

लगा किसी ने मुझे नग्नावस्था में पकड़ लिया हो। दिल हुआ कह दूँ, तुमने क्या मुझे साँड़ समझ रखा है, जब जरूरत हो जिसके साथ मेटिंग करवा दी। पर खिन्नता में कुछ बोलते नहीं बना। वह ऐसा

चारा डाल रहा था, जिसके बहाने मुझे फाँस सके। यह लेन-देन का बीभत्स खेल था, जो उसके सम्बन्धों की सीमा और मजबूरी को एक साथ रेखांकित कर देता था। मेरे लिए यह उस खतरे की सीमा लाँघ जाना था, जिसका हश्र एक अनिवार्य दुर्घटना के अलावा कुछ नहीं हो सकता था।

न वो ख़्म है...

इसे सौभाग्य कहें या दुर्भाग्य हमारे साथ वह ज्यादा नहीं टिका। उसके हाथ में जादू था। जिस काम को छूता उसका कोई जवाब नहीं रहता था। बदल रहे समय की रुचियों और जरूरतों को पहचानने में उसका सानी नहीं था। पर वह मूडी था कब क्या करेगा, कहा नहीं जा सकता था। जिस काम में लगता फिर रात-दिन का ख्याल नहीं रहता था पर जो काम पसन्द नहीं आता था उसे करवाना लगभग असम्भव हो जाता था। उसके साथ काम करना किसी पीड़ा से कम नहीं था। सहकर्मियों को वह सिर्फ अपने लक्ष्य तक पहुँचने का माध्यम समझता था और उपकरणों की तरह उनका इस्तेमाल अपना अधिकार मानता था। दफ्तर में शायद ही किसी के साथ उसके सम्बन्ध सामान्य रहे हों। जो भी उसके सम्पर्क में आता उसका दुश्मन न कहें तो भी आलोचक तो बन ही जाता था। मैंने उससे पहले किसी को इस तरह सरेराह अपने शत्रु बनाते हुए नहीं देखा था। यह असामाजिकता कैसे पैदा हुई

मैं कभी समझ नहीं पाया। क्या वह इतना दम्भी है कि औरों को अपनी प्रतिभा के आगे कुछ समझता ही न हो या फिर जैसा कि होता है सफलता के लिए यह निष्ठुरता उसे जरूरी लगती हो। बहुत सम्भव था कि यह जान-बूझकर ओढ़ी हुई हो जो उसे अनावश्यक ताक-झाँक और उत्सुकता से बचाती हो।

जो भी हो यह कवच भी उसके काम नहीं आया। जाते हुए एक ऐसा कांड हो गया जिसने मेरे लिए भी कम शर्मिंदगी और तनाव पैदा नहीं किया।

लंच की बात है।

मैं खाकर दूसरी कुर्सी पर पैर फैलाए, थोड़ा ऊँघ रहा था कि अचानक हल्ले की आवाजों ने चौंका दिया। अनुपम चीख-चीखकर कह रहा था, "ये दो कौड़ी का आदमी मेरे साथ मजाक करता है। साला, मेरे पान में जानबूझकर एक मुट्ठी तम्बाकू डलवा लाया है।"

मैं लपककर उसके कैबिन में पहुँचा। पहले ही भीड़ इकट्ठी हो चुकी थी। कुछ हतप्रभ थे, तो कुछ की मुस्कराहट में विकृत मजे की रेखा चमकती नजर आ रही थी। मेहता जी ने मुझे देखते ही कहा, "विक्रम जी, अनुपम को चुप कराओ।"

उन्होंने तू-तड़ाक पर उतर आए सुखबीर को डाँटकर अलग भेज दिया। किसी तरह उस समय तो मामला शान्त हो गया पर उसके बाद जिस तरह से सुखबीर ने धीरे-धीरे एक-एक आदमी से जाकर कहना शुरू किया कि यह आदमी 'बवासीरी' है, वह बहुत संहारक साबित हुआ। वह साथ में बतलाता जाता था कि यह मुझे अपने घर ले गया, वहाँ दारू पिलाई और अश्लील हरकत करने लगा। मैं किसी तरह जान बचाकर भागा। उस दिन से पीछे पड़ गया है। सबकी सिम्पैथी सुखबीर के साथ हो चुकी थी। उसे अपनी बात सिद्ध करने की जरूरत थी भी नहीं। यह कमोबेश सबको पता था ही कि अनुपम समलैंगिक है।

सच यह है कि उसने छिपाने की कभी कोशिश भी नहीं की थी। एक मामले में यह दुनिया जाए ठेंगे से, वाला भाव था। वह कहा करता था, अब क्लोजेट में रहने का समय नहीं रहा है। यह स्वाभाविक बात है, उतनी ही जितनी कि एक आदमी के औरत और औरत के आदमी को प्यार करने की। इट्स नथिंग बट ए मैटर आफ सेक्सुअल प्रेफेरेंस। पर इस घटना से पहले तक सारा मसला बहुत ही बौद्धिक किस्म की एक्सरसाइज रहा था—शालीन स्तर पर, फैशनेबुल किस्म का और दूर की चीज, जिसका और जो करे, पर हमने सामना नहीं करना है।

अनुपम के इस व्यवहार ने मेरे लिए कई स्तरों पर परेशानी पैदा कर दी थी। समस्या यह नहीं थी कि मुझे उसको बचाना है बल्कि स्वयं मैं सन्देह के घेरे में आ गया था। जिन्हें मेरे चरित्र पर सन्देह नहीं था, वे मेरे व्यवहार से खिन्न थे कि कुल मिलाकर मैं ही इसे बढ़ावा देता रहा हूँ। कला का मतलब व्यभिचारी होना नहीं होता, मैं कई तरीकों से सुन चुका था।

हताशा अनुपम को इस हद तक हिंसक बना सकती है, यह मेरे लिए सबक था। मैं उसकी हताशा और हिंसा से बचा रह पाया, यह एक मायने में मेरा सौभाग्य था। उसे सुखबीर का अपने प्रस्तावों को अस्वीकार करना सम्भवतः सहन नहीं हो पाया था। वह यह सहन नहीं कर पाया होगा कि मेरे जैसे आदमी को अस्वीकार करने की इस दो कौड़ी के चपरासी की हिम्मत कैसे हुई। यह देखना दुखद था कि वह कभी समझ नहीं पाया था कि आदमी के लिए यौन-व्यवहार मात्र शारीरिक प्रतिक्रिया नहीं बल्कि भावात्मक, नैतिक और सांस्कृतिक मूल्यों का भी मसला है। जो भी हो मैं डर गया था। मेरे साथ भी, कभी भी, कुछ भी हो सकता था। उसके साथ रहना आग के साथ खेलना था।

स्कैंडल बन जाने से मैं इस हद तक 'डिस्टर्ब' हो गया कि कई दिन तक काम करना ही कठिन हो गया। परेशानी यह थी कि मैं

लगातार अनुपम के साथ आया-जाया करता था। इससे एक हद तक स्वतः ही सिद्ध हो रहा था कि मैं भी बाईसेक्सुअल तो हूँ ही। आधा गे—कम से कम। इस गुनाह, बेलज्जत से बचना जरूरी हो गया था, इसलिए भी उससे तत्काल दूरी रखने के अलावा कोई रास्ता नहीं था। ऐसी दोस्ती के बगैर क्या जो अटक रहा है, मैंने अपने को समझाया था।

मुझसे घुमा-फिरा कर पूछा भी गया, क्या तुमसे भी कभी ऐसी कोई हरकत की थी?

मैंने बेहिचक झूठ बोला था, "कभी नहीं। वह बड़े भाई की तरह मेरा सम्मान करता है।" और सुखबीर को गलत सिद्ध करने की हरचंद कोशिश करते हुए जोड़ा था, "मेरी समझ में नहीं आता सुखबीर यह कह कैसे रहा है। यह मैंने भी सुना है कि अनुपम गे है। अगर है भी तो वह दुनिया बिलकुल अलग है। बड़ी एलीट किस्म की क्लोज्ड, जिसमें हर किसी को प्रवेश की इजाजत नहीं है। और सुखबीर जैसों को तो कतई नहीं।"

सौभाग्य से सुखबीर औसत कद का सामान्य-सा आदमी था, बिना किसी अतिरिक्त शारीरिक आकर्षण के। इसलिए काफी हद तक मेरे झूठ का असर हुआ भी। लोगों ने सुखबीर की बातों पर ज्यादा ध्यान नहीं दिया पर अनुपम के और दफ्तर के बीच ऐसा तनाव बन गया था जिससे पार पाना उसके लिए सम्भव नहीं रहा था। उसके प्रति लोगों के व्यवहार में जिस तरह का तिरस्कार न भी कहें तो भी ठंडापन व रूखापन आ गया था वह उस जैसे अतिरिक्त तौर पर आत्म-सजग आदमी के लिए स्वीकार्य हो पाना आसान नहीं था। वह अकसर गैरहाजिर ही नहीं रहने लगा था, काम के प्रति भी उसकी लापरवाही बढ़ती गई। मेरी समझ में नहीं आ रहा था कि इस तनाव और सम्भाव्य शो-डाउन को किस तरह डिफ्यूज किया जाए। स्थितियाँ जिस ओर जा रही थीं उनकी सम्भाव्य परिणति क्या होगी अनुमान

लगाना कठिन नहीं था। मेरे चाहने से कुछ होनेवाला भी नहीं था। फिर मुझे बच्चे पालने थे। सीधे-सीधे उसका पक्ष लेना सब लोगों को दुश्मन बनाना था। देखते-देखते काउंट-डाउन शुरू हो गया था। उसने इसे रोकना तो रहा दूर एक तरह से तेज ही किया था। निश्चय ही उसके दिमाग में सब कुछ स्पष्ट होगा और नहीं हुआ तो भी अन्ततः उसका निकाल दिया जाना अपरिहार्य लग रहा था।

और जैसा कि मुझे उम्मीद थी उसी ने इस्तीफा दे दिया। मेरी दिली इच्छा भी यही थी कि उसे निकाले जाने के अपमान को न झेलना पड़े। वह मेरा दोस्त था, जैसा भी हो। मेरी पूरी हमदर्दी उसके साथ थी। यह बात और है कि उसके पक्ष में खुलेआम खड़े हो पाने का साहस मुझमें नहीं था पर वह सामान्य आदमी नहीं था। जीनियस था। मिट्टी को सोने में बदल देने की प्रतिभा वाला आदमी। यह बात और है कि वह सुकरात, ऑस्कर वाइल्ड और फिराक गोरखपुरी की परम्परा में था। यह उसका भटकाव था, पर धीरे-धीरे मेरे लिए यह कोई मुद्दा नहीं रह गया था।

वह खाड़ी के किसी अखबार--*गल्फ न्यूज* या *खलीज टाइम्स*--में काम करने जा रहा था। कुल मिलाकर मेरे लिए यह गहरी प्रसन्नता का सबब था। मैं जानता था, ऐसे माहौल में उसका जाना मेरे लिए एक रिलीफ की तरह है। पर इससे बड़ी राहत यह स्वयं उसके लिए थी। उस समाज से, जिससे वह तालमेल नहीं बैठा पा रहा था, या जो उसे सम्भाल नहीं पा रहा था या समझ नहीं पा रहा था, या सह नहीं पा रहा था; जहाँ वह अफवाहों, अपमान, तिरस्कार और परिहास का पात्र बन गया था, दूर हो जाना बुरा नहीं था। निश्चय ही मैं उसे मिस करूँगा पर जिसकी उपस्थिति उसकी अनुपस्थिति से ज्यादा कठिन होती जा रही हो उसे मिस करना मेरे लिए कोई महँगा सौदा नहीं था।

मैं उसकी सम्मानजनक विदाई चाहता था और दफ्तरवाले भी राजी थे पर उसने साफ कह दिया, औपचारिकताओं में मेरा विश्वास

नहीं है। मैं ऐसी किसी पार्टी में नहीं आऊँगा। यह उसका दफ्तर को झिड़कने का अपना तरीका भी हो सकता था। एक तरह से दफ्तरवालों ने भी राहत की साँस ली। अन्ततः मैंने उसे निजी तौर पर विदा-भोज के लिए आमन्त्रित किया, वह तत्काल मान गया। कैफे रॉयल चलने के मेरे प्रस्ताव पर वह हँसा भी था, जैसी उसकी आदत थी, एक रहस्यमय हँसी, जिसके कई मतलब हो सकते थे। कुल मिलाकर उसे मेरा अन्दाज पसन्द आया था।

यद्यपि कोई ऐसी भीड़ नहीं थी पर खाना लगने में देर हो रही थी। जल्दी हमें भी नहीं थी। मेरी अपनी शंका थी जिस समाज में अनुपम जा रहा है वह तो और भी क्लोज्ड समाज है। वहाँ कैसे पटरी बैठेगी।

एक बदलाव भर के लिए। उसने दो टूक शब्दों में कहा था। उस समाज का हिस्सा हो जाना मेरी इच्छा नहीं है। कई दफा अपने समाज से दूर रहना उसे समझने के लिए एक बेहतर मौका होता है। जो भी हो यह एक पड़ाव है आगे बढ़ने का।

आपका मतलब है यूरोप, मैंने पूछा था। शायद हाँ भी और नहीं भी। या उससे भी आगे, एटलांटिक के पार, वह हँसा था। पर लगा वह गम्भीर नहीं है। उसका ध्यान लगातार कहीं और था। अचानक अनुपम खड़ा हो गया। अभी आता हूँ, कहकर धीरे-धीरे दूसरे छोर की ओर बढ़ा और किनारे के सोफे पर बैठे किसी सज्जन से बातें करने लगा। बड़ी मुश्किल से देख पाया कि खिचड़ी बालों और चश्मा पहने छरहरे बदन के गोरे से कोई सज्जन हैं।

मुझे शक-सा हुआ।

लौटा तो मुस्करा रहा था। बिना पूछे ही बोला, ''आपका अन्दाज सही है, कुलभूषण ही थे।'' मैं बोला तक नहीं था। ''यही अन्दाज लगा रहे थे न, आप?'' उसके सवाल ने मुझे हतप्रभ कर दिया।

मैं मन की बात को पढ़ लिए जाने से ज्यादा कुछ और ही बात

से हैरान था। अजीब बात थी, हम तीन वर्ष से यहाँ लगातार आ रहे थे। पर यह सज्जन कभी नहीं टकराए थे। इस इत्तफाक को आज ही होना था! हो सकता है, टकराए भी हों पर दोनों एक-दूसरे को अनदेखा कर गए हों। मैं तो बीच में कहीं था भी नहीं।

मैं हँसे बिना नहीं रह पाया था। मुड़कर देखा, वह हमारी ओर देख रहे थे। सम्भवतः मुझे ही।

''मिलेंगे?'' उसने पूछा।

''नहीं,'' मैंने इनकार कर दिया।

''क्या हर्ज है। मिल लीजिए। क्या आप रकीबों से नहीं मिलते? कुल मिलाकर भले आदमी हैं।''

मैं हँसा भर। उसका हास्य का सेंस कम विषैला नहीं था।

पर हमें परिचय के लिए वहाँ जाने की जरूरत नहीं पड़ी। खाना खत्म हो ही रहा था कि अनुपम ने खिल्ली उड़ाने वाले अन्दाज में कहा, ''लुक, माउंटेन इज कमिंग टु द मोहम्मद।''

मैंने गर्दन घुमाई।

वह हमारी टेबुल से दो कदम पर रह गए थे।

''ठीक है अनु, ऑल द बेस्ट दैन! ईश्वर ने चाहा तो फिर मिलेंगे।''

अनुपम ने बैठे-बैठे ही हाथ मिलाते हुए कहा, ''ईश्वर नहीं चाहेगा। एनी वे, थैंक्स।'' उसके स्वर में बेहद कटुता थी।

''कब जा रहे हो?'' उसकी आक्रामकता को नजरंदाज करते हुए कुलभूषण ने बेहद शालीनता से पूछा था।

''कल! मीट माई पेंटर फ्रैंड, विक्रम।'' मैंने खड़े होकर हाथ मिलाया। अनुपम कह रहा था, ''ही इज कुलभूषण रेजिडेंट एडीटर *न्यूज डे*।'' उन्होंने मुश्किल से हाथ बढ़ाया। उनके हाथ मिलाने में कोई उत्साह नहीं था। मैं उस निर्जीव वस्तु को जीवन्त हो जाने की उम्मीद में थामे रहा। उन्होंने मुझे ऊपर से नीचे तक बहुत ही ठंडी नजर से

कुछ पल देखा और अचानक झटके से अपना ठंडा हाथ मेरे भारी-भरकम पंजे से छुड़ा लिया था। उनके व्यवहार में अजीब किस्म की असहिष्णुता और दंभ था, कह नहीं सकता वह उनके व्यवहार का हिस्सा रहा होगा या तात्कालिक प्रतिक्रिया थी।

अनुपम का चेहरा अजीब आनन्द से खिला हुआ था। कुलभूषण मेरे 5 फिट 11 इंच एथलेटिक कद के सामने थके और बीमार लग रहे थे। पत्रकारिता के तनावों और मनमानी जीवन शैली ने अपना बदला लेना शुरू कर दिया था। अपनी अशक्तता और ढलती उम्र के आभास ने उन्हें अनावश्यक सजग कर दिया था। पर सम्भवतः पद की अतिरिक्त गरिमा की अकड़ ने उन्हें इस कदर दंभी बनाया हुआ था।

जाने से पहले एक बार उन्होंने फिर कुछ औपचारिक-से स्वर में कहा, ''ओ के, बाई दैन!''

अनुपम बिना उनकी ओर देखे काँटे से चिकन के टुकड़े को समेटने में लगा रहा। कुछ पल के इंतजार के बाद वह मुड़े ही थे कि अनुपम ने इरादतन टोका, ''सुनिए ये ग़ज़ल किसकी है? *कभी ए हकीकते मंतज़र...*''

''इकबाल!''

''पक्का! फिराक की तो नहीं।''

''क्यों?'' वह कुछ चौंके।

''क्यों कि इसका एक शेर बड़ा विचित्र है।

न वो इश्क में रही गर्मियाँ न वो हुस्न में रही शोखियाँ,

न वो गज़नवी में तड़प रही, न वो ख़म है जुल्फे अयाज़ में ।''

फिर वह हँसा था ठहका मारकर, ''देखिए न अपवाद भी कहाँ-कहाँ होते हैं।''

मद्धिम रोशनी में भी मैंने देख लिया था। कुलभूषण नाम के उस आदमी का चेहरा क्षण भर में राख हो गया है। अनुपम उनकी

उपस्थिति की परवाह किए बिना, चिकन के आखिरी टुकड़े को, जो अभी तक काँटे में टंका हुआ था, मुँह में डालकर जोर-जोर से चबाने लगा था।

कुलभूषण ने किसी तरह अपने को सँभाला, बिना एक शब्द बोले मुड़े और धीरे-धीरे दरवाजे की ओर बढ़ने लगे। मैं उनके रेस्त्राँ से बाहर निकलने तक, एक सम्पादक के सम्मान में, खड़ा का खड़ा ही रहा गया था।

अनुपम ने झिड़का, "अरे बैठिए ना!"

उन्होंने मुझसे विदा लेना भी वाजिब नहीं समझा था।

मैं उसे छोड़ने गया। इससे पहले कि वह सिक्युरिटी चेक के लिए लाइन में लगता और पहुँच से बाहर हो जाता, मैंने उसे गले लगा लिया। वह इस तरह लिपटा, लगा हड्डियाँ चरमरा जाएँगी। धीरे-धीरे वह सुबकने लगा और सुबकता ही चला गया। उसकी इस अपरिचित भावुकता ने मुझे भी अस्थिर कर दिया था। मैंने किसी तरह थपथपाकर उसे अलग किया और उसकी ओर देखे बिना, मुड़ा व जितनी तेजी से हो सकता था, चलने लगा। गला रुंध गया था और आँखों के पानी ने हर चीज को धुँधला दिया था। मैं सीधे टायलेट में घुस गया। वाश बेसिन को पकड़कर न जाने कितनी देर मैं आवेग को नियन्त्रित करने की कोशिश करता रहा। अचानक पीठ पर किसी के स्पर्श ने मुझे वापस आपे में पहुँचा दिया। देखा, एक अधेड़ से सज्जन मेरी पीठ सहला रहे थे। नीली यूनिफार्म में थे। सफाई कर्मचारी रहे होंगे। उन्होंने कहा, "मुँह धो लीजिए। बहुत हो गया। कोई बच्चा नहीं था। छोटा भाई है? थोड़ा पानी पीजिए। लाऊँ क्या?"

टायलेट में एक नहीं कई आदमी थे।

"नहीं," मैंने किसी तरह मुस्कराकर कहा, "शुक्रिया!" और जल्दी-जल्दी मुँह धोकर बाहर को लपका। मैं नहीं चाहता था, कोई गलती से भी कुछ पूछे।

पानी भी नहीं पिया।

मैं हवाई अड्डे की बिल्डिंग से बाहर आ चुका था। विकराल शोर के साथ कोई जहाज उड़ा। इंडियन एयर लाइंस था। यह उसका जहाज नहीं हो सकता था। उसकी दिशा भी दूसरी होनी चाहिए थी।

मुझे पूरब की ओर लौटना था।

शहर को।

फ्रैडी का एक गाना था जिसे अनु अकसर सुना करता था :

आई वाज़ बॉर्न टु लव यू!

ब्लैक होल की दूरी

एक शाश्वत अस्थिरता, बेचैनी और स्कैंडल लगातार अनुपम का पीछा करते रहते थे। मुश्किल से तीन वर्ष रहा होगा हमारे यहाँ। पर कानाफूसियों और बदनामियों की एक शृंखला पीछे रह गई थी जो अर्से तक मिट नहीं पाई। इस धन्धे में सबसे अच्छी बात यह है कि लोग एक जगह ज्यादा टिकते नहीं। पर मैं अटका रहा। साल कब बीत गया पता ही नहीं चला। इस वक्फे में न जाने कितने लोग बदल गए। सुखबीर के होने के बावजूद दफ्तर अनुपम को भूल गया था। खुद मैंने कितनी बार उसे याद किया कह नहीं सकता। हाँ, शुरू में ही उसका एक पत्र जरूर आया था, बहुत संक्षिप्त, पहुँचने की सूचना भर का। उसमें आगे लिखने का वायदा तक नहीं था। मैंने भी वैसा ही जवाब दे दिया, बेहतर भविष्य की कामना वाला।

गल्फ से साल भर बाद छुट्टियाँ बिताने आया तो देहरादून गया पर ज्यादा समय दिल्ली ही डोलता रहा। उसकी बातों से लगा, वहाँ

वह बहुत खुश नहीं है।

"विक्रम जी, ऐसे समाज में आप नहीं रह सकते जिसमें आपकी भागीदारी न हो। जिसमें आप पराए हों। जहाँ की धरती, हवा, पानी किसी चीज से पहचान की कोई गंध तक न आती हो। जहाँ आपको सिर्फ अपने से मतलब रखना हो। अपनी पगार से। जहाँ हर दूसरा आदमी आपको घृणा से न भी सही तो भी शंका से तो देख ही रहा होता है। ऐसे में काम करना बंधक रहने से बेहतर नहीं है। एक सीमा पर आकर पैसा भी अपनी रंगत खो देता है। रोटी तो अपने देश में भी मिल ही जाती है। और सम्मान से। अखबार क्या बस नोटिस बोर्ड है। प्रोफेशनल माहौल नहीं है। फिर गोरों के ऐसे गुलाम हैं कि मन खट्टा हो जाता है। शुद्ध रेसिस्ट हैं—नस्लवादी या फिर विचित्र हीनता के मारे हैं। हमारे स्टाफ में दो-एक ब्रिटिशर भी हैं। एडिटर साले को अंग्रेजी लिखनी तो छोड़ ठीक से बोलनी भी नहीं आती है। पर कोई शेख है। साला अंग्रेजों के आगे ऐसी दुम हिलाता है मानो उनका नौकर हो। औरतों का हाल तो और भी खराब है। बस सजना आता है। हमें कमबख्त ऐसे देखती हैं मानो कोड़ी हों और गोरों के पीछे ऐसे भागती हैं जैसे साक्षात देवदूत उतर आए हों।"

मैंने हँसकर कहा था, "अरे, आपको औरतों से क्या वास्ता है।"

उसने मेरी बात अनसुनी कर दी। वह रौ में था। इसलिए रोकना आसान नहीं था।

"जब कि साले न अकल के हैं, न ही शकल के। धौलिया कोढ़-सी चमड़ी और उस पर लाल पकी, नाक। प्रोफेशनली पूरी तरह इनकंपिटेंट, पर तनख्वाह हम से ज्यादा पाते हैं। अकल-शकल कुछ भी होती तो अपने देश में ही नहीं खप गए होते। अनुभव के नाम पर काउंटी पेपरों में एकआध साल की एप्रेंटिशिप किए हुए हैं, जहाँ सोशल रिपोर्टिंग से आगे कुछ होता ही नहीं है। उसी की खा रहे हैं। किस्मत है!"

अरबों और अंग्रेजों को जी भरकर गाली देने के बाद उसने अचानक कहा, "अरे, आपको पता है?"

"क्या?"

"शर्मिष्ठा के बारे में।"

"नहीं तो!" मैंने हाथ खड़े कर दिए। वैसे सच भी यह था कि इसके जाने के बाद से शर्मिष्ठा की ओर से कभी कुछ सुनने को नहीं मिला था। यहाँ तक कि वह किसी एग्जीबीशन में भी नहीं टकराई थी। वैसे मैं अनुपम की अनुपस्थिति में पिछले एक साल में गया भी गिनती की एग्जीबीशनों में ही था। उस तरह का कला प्रेम और हिम्मत उसी में थी जो दूसरे को भी प्रेरित करती रहे।

"आप दिल्ली में रहकर क्या करते हैं!" उसने मजाक में कहा, "शर्मिष्ठा गौरव से अलग हो गई है। और आपके लिए विशेष ख यह है कि हौजखास विलेज में कहीं एक आर्ट गैलरी चला रही है, अ ही नाम से—गैलरी शर्मिष्ठा। छह महीने ही हुए हैं। अब आप भी पेंि करिए।"

मैंने हँसते हुए कहा, "लाभ उठाना है तो कुछ करना ही पड़ेग वैसे मेरा क्या महत्त्व है यह इसी से स्पष्ट है कि न उसने मुझे उद्घा पर बुलवाया और न ही किसी एग्जीबीशन में। मैं उसके लिए या ... आर्ट में आ फँसा एक गँवाड़ी हूँ कि मूसल चन्द—या मुफ्त हाथ आए तो बुरा क्या है वाला स्टड, जिसका विकल्प भी उतना ही आसान है। हाँ, आपकी सिफारिश का जरूर भरोसा है।"

उसने फिर मेरी बात अनसुनी कर दी थी। "पिछले दिनों काफी डिस्टर्ब थी। एक बार तो एक हफ्ते के लिए दुबई आकर मेरे पास भी रही। मैंने बड़ी मुश्किल से भेजा। दोनों रजामंदी से अलग हो रहे हैं बस कानूनी औपचारिकताएँ पूरी होना भर बाकी हैं।"

मुझे आश्चर्य नहीं हुआ कि पति ने उसे या उसने पति को छोड़ दिया है। सामान्य जीवन की सीमाओं में रहना उसकी फितरत नहीं

थी। वह आनन्द के सीमान्त पर टोह लेते किसी कबड्डी खिलाड़ी की तरह थी, जिसकी नियति अपने दम और दूसरे के चौकन्नेपन से निर्धारित होती है।

"चलेंगे, मिलने। अब तो रास्ते बहुत दूर हो चुके हैं।"

"चल सकते हैं," मैंने हँसकर कहा। पर उसके बाद अनुपम ही गायब हो लिया।

वह दिल्ली कब तक रहा और उसने क्या किया मुझे हवा नहीं लग पाई। अचानक एक दिन, महीने-डेढ़ महीने बाद, दफ्तर में शर्मिष्ठा का फोन आया, "विक्रम जी, मेरे पास आपकी एक धरोहर है।"

"धरोहर! कैसी?" मैं चकित हो गया था।

"अनु आपके लिए एक प्रेजेंट छोड़ गया है, आप आएँगे या मैं आऊँ।" उसने बात को ज्यादा नहीं खींचा।

"अरे, आप आएँगी तो मुझे प्रसन्नता होगी।"

"आपके आने से मुझे भी कम प्रसन्नता नहीं होगी। फिर आपने मेरी गैलरी भी तो देखनी है।" उसने बहुत ही आग्रह से कहा।

"ठीक है, मैं ही आऊँगा," वहाँ जाना ही श्रेयश्कर था। पर मैं भूल गया कि उसकी विनम्रता में कहीं अनुपम छिपा है।

साफ था कि अनुपम का सम्पर्क शर्मिष्ठा से लगातार बना हुआ था। कहीं न कहीं यह भावात्मक सम्बन्धों का मामला तो था ही अन्यथा वह क्यों उसके पास इतनी दूर गल्फ जाती। मुझे अनुपम के इस सम्बन्ध में विचित्र दुविधा या कहना चाहिए अपने अस्तित्व को लेकर उसके शाश्वत द्वन्द्व का प्रभाव महसूस होता रहा था।

और क्रिस्टोफर ब्रेगांज़ा को पहली बार मैंने गैलरी शर्मिष्ठा में ही देखा था। शर्मिष्ठा ने बहुत ही सम्मान से मेरा परिचय करवाया था, "विक्रम! वन ऑफ द टॉप मोस्ट कमर्शियल आर्टिस्ट ऑफ डैल्ही। ही हैज डन सम रिमार्केबल पेंटिंग्स ऑलसो। एंड ए ग्रेट फ्रेंड'।" मुझे उस सारी झूठी तारीफ में छिपी चतुराई भरी व्यावहारिकता साफ़ नजर आ

रही थी। वह एक तीर से दो शिकार कर रही थी।

पर मैं ब्रेगांज़ा के नाम से ही आतंकित हो चुका था। जैसा मैंने चित्रों में देखा था, उसके विपरीत वह बहुत ही सामान्य व्यक्तित्व का था। 65 से कम तो क्या ही रहा होगा। अपनी महानता के प्रति जरूरत से ज्यादा सजग। उसके बिना पालिश किए किसी ग्रेनाइट के छेनी के ताज़ा निशानों वाले स्कल्पचर से खुरदरे गहरे साँवले चेहरे पर ऐसी कसावट थी जो मात्र गम्भीर होने का ही नहीं बल्कि काफी हद तक दूसरों के प्रति हलकी अवहेलना का भी आभास देती प्रतीत होती थी। सलीके से छँटी सफेद दाढ़ी ऊबड़-खाबड़ चेहरे को कुछ और भौंडा बनाए हुए थी। ढीली-सी काटन की पैंट और छापेदार बटिक पेंटिंगवाली कमीज पर काई के से रंग का कॉर्डरायी का और भी बेमेल कोट तथा डिओडरेंट के अतिरेक से महकते उस आदमी की नजर सामनेवाले को एक्सरे की तरह बेधती प्रतीत होती थी। पर जो चित्रकार अपने रंग-संयोजन की सजगता के लिए चर्चित हो, वह अपने परिधानों के प्रति इस हद तक लापरवाह हो सकता है, यह चकित करनेवाला था।

वे लोग लगातार न्यूयार्क, मैनहट्टन, ग्रीनविच विलेज, जोन बॉयज, एंडी वॉरहोल, बॉब डायलन, रॉक म्यूजिक, कंट्री म्यूजिक की खूबियों-खामियों पर बात करते रहे, जिसका शतांश भी मेरी समझ में नहीं आ रहा था। विशेषकर शर्मिष्ठा इतने मनोयोग से जुटी हुई थी कि उसे बहुत देर तक पानी पूछना भी याद नहीं आया। जैसे ही ब्रेगांज़ा की कॉफी खत्म हुई, शर्मिष्ठा ने फौरन दूसरी कॉफी के लिए पूछा, तब उसे मेरी सुध भी आ गई।

कॉफी पीने में मुझे आपत्ति नहीं थी पर ब्रेगांज़ा की उपस्थिति में हाशिए के आदमी की तरह वहाँ बैठे रहने का कोई अर्थ नहीं था। मैं जितनी देर रहा अपने में सिमटा बेहद घुटन महसूस करता रहा। कॉफी का मतलब इस घुटन को कुछ और बढ़ाना था। पर तब तक

दुर्भाग्य से शर्मिष्ठा के आग्रह पर ब्रेगांज़ा मुझे ओबलाइज करने के लिए एक और कॉफी की सहमति दे चुका था। इसे सौभाग्य ही कहूँगा कि उसने मेरे बारे में और आर्ट सीन के बारे में, कृपापूर्वक मुश्किल से एक आध ही प्रश्न पूछा। उसके अमेरिकी उच्चारण के कारण मैं उन प्रश्नों को अपनी औघड़ अंग्रेजी में कितना समझ और समझा पाया, कह नहीं सकता। वह अपने दौर के लीजेंडरी पेंटरों में था–हुसैन, सूजा, बेंद्रे और गायतोंडे का समकालीन, और एक अरसा पहले देश छोड़कर चला गया था। लन्दन, पेरिस होता हुआ अब न्यूयार्क में बसा हुआ था और वहाँ भी कहा जाता है कि उसकी धाक थी–छोटे पिकासो के रूप में। इधर उसे अपना देश याद आ गया था और अब हर साल आने लगा था।

उसकी कॉफी ब्लैक थी। उसने झुककर शर्मिष्ठा के डेस्क से एक अजनबी, कम से कम मेरे लिए, लेबलवाली बोतल निकाली और कॉफी में मिला ली। "वुड यू लाइक टु हैव लिटिल कॉगनेक?" उसने बोतल का मुँह मेरी ओर करते हुए कहा।

मैंने थैंक्स कहते हुए घबड़ाकर प्याला अपनी ओर खेंच लिया। यही नहीं कि मेरी कॉफी दूधवाली थी, बल्कि मैं अब तक उसमें दो चम्मच चीनी भी मिला चुका था।

पर शर्मिष्ठा चहकती रही थी, "क्रिस्टोफर की एग्जीबीशन अशोक गैलरी में चल रही थी। देखी?" और बिना मेरे उत्तर के आगे बढ़ती हुई बोली थी, "इनकी अगली एग्जीबीशन हम लगाएँगे। ही हैज प्रॉमिस्ड।" निश्चय ही यह उसके लिए किसी उपलब्धि से कम नहीं था। मैंने उसे बधाई दी। मैं सोचकर आया था, और कुछ हो न हो, शर्मिष्ठा से कुछ चुहलबाजी जरूर रहेगी और अनुपम के बारे में पूछूँगा। पर यहाँ किसी चीज की कोई गुंजाइश दूर-दूर तक नजर नहीं आ रही थी।

चलते हुए बोली, "अगले हफ्ते सेटरडे को एक डिनर अर्गेनाइज

कर रही हूँ। आपने आना है। समय और जगह बतला दूँगी।"

एक नहीं, मेरे लिए दो पैकेट थे। छोटा चौकोर पैकेट जो बड़ी नफासत से पैक किया हुआ था, खासा भारी था। साथ में शर्मिष्ठा ने मुझे उतने ही सलीके से लिपटी तीन फिट गुणा दो फिट की एक पेंटिंग दी जिस पर 'दिल्ली के उन यादगार दिनों के लिए शुभ कामनाओं सहित," सन्देश के साथ अनुपम के हस्ताक्षर वाली चिट थी। मैं कुछ पूछता इससे पहले ही वह बोली, "यह पेंटिंग कमीशंड वर्क है। उसने मेरी गैलरी से आपके लिए विशेष तौर पर खरीदी है। आपको निश्चित पसन्द आएगी।"

उसके चेहरे पर तनाव स्पष्ट नजर आ रहा था। मेरी उपस्थिति लगभग अवांछित हो चुकी थी। इसका कारण क्रिस्टोफर था। मेरी एक छोटी-सी समस्या थी, मोटरसाइकिल पर पेंटिंग कैसे ले जाई जाए? मैंने उससे कुछ डोरी माँगी जिससे कि पेंटिंग को पीछे बाँध सकूँ। उसके अनुभवी एसिस्टेंट ने दोहरी पोलिथिन की शीट में पेंटिंग को लपेटा और प्लास्टिक की डोरी का बंडल लेकर मेरे साथ मोटरसाइकिल तक चलने को तैयार हो गया। मैंने मुस्कराकर विदा कहा।

"सी यू," कहते हुए बोली, "आइ विल रिंग यू।" औपचारिकता के लिए भी शर्मिष्ठा ने एक बार रुकने का आग्रह नहीं किया।

घर पर पेंटिंग खोली तो दंग रह गया। बहुत ही सुन्दर फ्रेम में अनुपम का ऑयल में पोट्रेट था। कुछ-कुछ रेंब्रां वाली क्लासिकल ओजपूर्ण शैली में, खुशनुमा रंगों वाला। कह नहीं सकता उसमें जो चमक और उछाह था वह ताजा-ताजा वार्निश के कारण था या पेंटर के ब्रश का कमाल था। जिसने पोट्रेट बनाया था वह कोई बहुत कल्पनाशील पेंटर चाहे न हो पर था अपने फन का माहिर। उसका हाथ किसी हस्तशिल्पी की तरह सधा हुआ था। सारी सीमाओं के बावजूद अनुपम के व्यक्तित्व की खूबियाँ उसमें निश्चित ही थीं।

यानी अनुपम मिला इसलिए नहीं कि पेंटर को सिटिंग दे रहा था। सरप्राइज देने के लिए नहीं चाहता होगा कि मैं इस बात को जान पाऊँ।

छोटे पैकेट में कमर्शियल आर्ट पर सुन्दर-सी किताब थी। एक तरह का वार्षिक प्रकाशन, जिसमें दुनिया भर के सर्वश्रेष्ठ विज्ञापन और उतने ही चुनींदा लेख थे। प्रेजेंट कितनी महँगी साबित हुई होंगी, मैं अनुमान नहीं लगा पाया।

पेंटिंग ने सुमित्रा को विभोर कर दिया।

पर चित्र ने एक तरह से मुझे 'डिस्टर्ब' ही किया था। मैं अनुपम को सामान्य से ज्यादा महत्त्व नहीं देना चाहता था। दूसरी ओर वह चाहता था कि मैं उसे भूल न पाऊँ। यह विचार ही मेरे लिए परेशान करनेवाला था कि एक आदमी है जो मुझे किसी औरत की तरह प्यार करता है। मेरे लिए यौनिक सम्बन्ध, और कई शर्तों के अलावा, लैंगिक सीमाओं से निर्धारित थे। अपवादों और सामान्य से अलग हटकर जीना न मेरे लिए सम्भव था और न ही मुझे स्वीकार्य। मैं एक सामान्य आदमी, एक सामान्य चित्रकार, बल्कि कहना चाहिए कमर्शियल आर्टिस्ट, जिसकी कला उसकी दैनंदिन उपयोगिता से नापी जाती है, था, हूँ और रहूँगा। वह चित्र अचानक मुझे उसकी अतृप्त कामना और वासना का स्मारक लगने लगा, जो मेरे अन्दर वितृष्णा और पाप भाव भर रहा था। सुमित्रा के जबर्दस्त आग्रह के बावजूद मैं उसके टाँगने को टालता गया। जब भी मैं उसे देखता था दो याचक आँखें मुझ पर व्यंग्य कर रही होती थीं। मेरी जीवन शैली पर, मेरे विश्वासों पर और मेरी नैतिकता पर। अन्ततः मैंने एक दिन उसे लपेटकर दुछत्ती में डाल दिया।

शर्मिष्ठा फोन करना नहीं भूली। अपार माफी माँगते हुए बोली, "आइ एम रियली वेरी सॉरी। वेरी-वेरी सॉरी। प्लीस फॉरगिव मी। उस दिन आपसे ठीक से बात नहीं हो पायी। मुझे बड़ा अफसोस रहा। फिर

किसी दिन बैठेंगे। फिलहाल आपने सेटरडे को भूलना नहीं है। नोट कर लीजिए।'' डिनर मौर्या शेरेटन के बुखारा रेस्त्राँ में था। दस-पन्द्रह चुनींदा आर्टिस्टों, एडिटरों और आर्ट डीलरों को बुलाया है, उसने बतलाया था।

''अरे कैसे भूल सकता हूँ, नोट है।'' मैंने हँसते हुए कहा था पर शर्मिष्ठा के जबर्दस्त आग्रह और अपने वायदे के बावजूद मैं नहीं गया। इसे मेरी हीन-ग्रन्थि भी कह सकते हैं। कई दिन तक जब कभी मेरे नाम कोई फोन आता, मैं डर जाता था–शर्मिष्ठा का न हो। ठीक से बहाना कर पाने की चतुराई मैं बहुत देर तक सीख नहीं पाया था। सौभाग्य से उसके बाद शर्मिष्ठा का फोन नहीं आया। लगा, मेरी अशिष्टता से जबर्दस्त नाराज हो गई है।

जैसा कि आसार थे, अनुपम अगले साल लौट आया। कांट्रेक्ट था ही दो साल का। न उसने बढ़ाने का निवेदन किया, न अखबार ने उसे रोकने की कोशिश। करता भी क्यों? सारी योग्यता के बावजूद वह जितना स्वाभिमानी, अक्खड़ और मुँहफट था, कम से कम कोई मिडियाकर तो उसे मुश्किल से ही सहन कर सकता था। उसका व्यवहार सामनेवाले को सेकंड में बतला देता था कि आपके बारे में उसका विचार क्या है।

मुझे थोड़ा धक्का-सा लगा था। दो साल में अचानक वह कुछ ज्यादा ही बदल गया था। व्यवहार में नहीं, आकार में। वह अपने स्वरूप को लेकर बेहद सजग रहा करता था। यही नहीं कि अब थोड़ा मुटा गया था, उसके बाल तेजी से उड़ने लगे थे। वहाँ के अकेलेपन में, जहाँ कोई समाज नहीं था, न अपना न ही कोई ऐसा पराया जो आसानी से उसे अपना लेता, अन्दाज लगाना कठिन नहीं था कि दारू ही एकमात्र सहारा रही होगी। आँखों के नीचे के पपोटे और ठहर गईं गहरी झाइयों ने उसकी मासूमियत को तबाह कर दिया था। उम्र के शिखर से, समय ने, उसे एक ही झटके में ढलान पर धकेल दिया था।

लुड़कने का सिलसिला शुरू हो गया था। रैकलैस जिन्दगी उस रफ्तार के गीयर बढ़ाती जा रही थी। मैंने समझाया भी, रहन-सहन में संयम बरते। उस दिन वह काफी डर भी गया था। और कुछ समय के लिए जिम भी जाने लगा था, पर जैसा कि आम तौर पर होता था, बेढंगी चाल पर वापस लौटने में उसे ज्यादा देर नहीं लगी। मैंने फिर समझाया तो उसने हथियार ही डाल दिए।

"अब यही नियति है। और बदलने की सामर्थ्य भी नहीं रही है। या कहिए इच्छा ही मर गई है। इट्स टू लेट फॉर मी नाऊ। इट्स लाइक ए स्पेसक्राफ्ट गॉन स्ट्रे। इट हैज बीन माल फंग्शनिंग सिंस वेरी बिगनिंग। ऐसी चीजों को ठोक-पीट कर ज्यादा नहीं सुधारा जा सकता। आइ थिंक आइ विल मीट माइ ब्लैक होल सूनर दैन नॉट।" उसने निराशा में सिर हिलाते हुए कहा। फिर बाएँ हाथ के पंजे को चाकू की तरह आड़ा चलाते हुए बोला, "हू केयर्स! होने दीजिए जो होता है। जो होना है।"

मैं चाहता था कहूँ, नहीं, ऐसा नहीं है। निराश होने का कोई मतलब नहीं है। तुम ट्रैक पर लौट सकते हो। ठीक है सबकी नियति एक है पर बेतहाशा और निरर्थक अन्त की ओर लुड़के चले जाने का कोई अर्थ नहीं है। इसे धीमा किया जा सकता है। बस थोड़े से अनुशासन की जरूरत है।

"किसके लिए?" उसका प्रश्न था।

"हम हैं तो हमारी एक भूमिका है। चाहे जितनी भी छोटी क्यों न हो। हम को निभानी है। परिवार, भाई-बहन, माँ-बाप, बच्चे या समाज चाहे जिस तरह समझो।"

"मेरी भूमिका?" वह जोर से हँसा और जोड़ा, "किसी सेठ के अखबार में शब्दों का खेल करूँ। पेज थ्री की रंग-रोगन सेलिब्रीटीज़ के बारे में अल्ल-बल्ल लिखूँ? ऑल फेक! मेरा किसी चीज में कोई विश्वास नहीं है। न कोई जिम्मेदारी और नहीं कमिटमेंट। आइ एम

फ्री! बॉर्न फ्री, एंड ऑलसो डाई फ्री।''

''नहीं, ऐसा भी नहीं है कि सारे रास्ते बन्द हो गए हों। यह इस पर निर्भर करता है कि हम कितना किससे जुड़ते हैं। इट्स टू वे ट्रैफिक! जहाँ तक दूरी का सवाल है, जितनी चाहे बढ़ा सकते हैं। गम्भीर अखबार भी तो हैं ही। वहाँ लिखो, कुछ अर्थवान जिससे वृहत्तर समाज का सरोकार हो।''

''ओ! आप तो मुझे कार्ड होल्डर बनाना चाहते हैं। सॉरी मैं झोला लटकाए दिल्ली की सड़कें नहीं नापना चाहता।''

''तो देहरादून चले जाओ!'' मैंने चिढ़कर कहा था।

''नो! नाइदर देहरादून। उस कुएँ में तो मैं जाना ही नहीं चाहता।''

पर मुझे अपनी बात बेमानी व्यावहारिकता लगी, एक अनावश्यक और अनर्गल उपदेशात्मकता। शायद वही सही था। अपनी माँ के प्रति भी कोई जिम्मेदारी महसूस करने की स्थिति में वह रह गया था या नहीं, कहा नहीं जा सकता था।

अचानक बोला, ''आपको एक शेर सुनाता हूँ। ग़ालिब का है, सुनेंगे?''

''क्यों नहीं। इरशाद,'' मैंने हौसला अफ़ज़ाई की।

आमदे ख़त से हुआ है सर्द जो बाजारे दोस्त
दूदे शमा कुश्ता था गोया ख़ते रुख्सारे दोस्त।

''क्या मतलब?''

''नहीं समझे!'' उसके चेहरे पर एक मानीखेज चमक कौंध उठी। ''देखिए, ग़ालिब का हरामीपन,'' उसने खुलासा किया, ''कह रहे हैं, दाढ़ी के आने से दोस्त का बाजार ठंडा पड़ गया है। उसके चेहरे पर जो बाल आ गए हैं वे किसी बुझी हुई शमा का धुआँ लग रहे हैं।''

मैं हँसे बिना नहीं रह सका। उस हँसी में वह मुझसे ज्यादा तेज स्वर में शामिल हुआ था और इतनी देर तक हँसता रहा था कि देखते

ही देखते वह हँसी हास्य, व्यंग्य और विडम्बना से गुजरती हुई दयनीयता पर आकर ठहर गई थी। मुझे शंका हुई, कहीं रो तो नहीं रहा होगा?

वह असहाय हँसी रह-रह कर मेरा पीछा करती रही है। वह विडम्बना किसी काँटे की तरह खटकती।

जाने किस प्रसंग में, कई वर्ष पहले, एक दिन उसने मुझसे कहा था, "आपने मुझे पहले नहीं देखा, तब आपको पता चलता कि मैं क्या था।"

मैं कहना चाहता था, उससे कोई फर्क नहीं पड़नेवाला था, पर कुछ कहना उचित नहीं लगा। उसे स्वीकार न कर पाने की अपनी सीमा से जुड़ी उसकी कसक को मैं और नहीं बढ़ाना चाहता था। पर सच यह था कि बढ़ती उम्र का अहसास उसे वर्षों पहले से सताने लगा था। सम्भवतः कुलभूषण के परित्याग के बाद से, जो इधर दुःस्वप्न में बदलता लग रहा था।

काम की कमी उसे कभी नहीं रही। अगले ही महीने उसने साप्ताहिक *न्यू इंडियन* में गॉसिप लिखना शुरू कर दिया था। साथ में कॉपी एडिटिंग का भी कुछ काम कर रहा था, स्वतन्त्र तौर पर, किसी प्रकाशक के लिए। पर इधर हमारा मिलना बहुत कम हो गया था। बहुत जरूरी हुआ तभी बुलाता था। वह सम्भवतः भाँप गया था कि मैं उससे पीछा नहीं भी छुड़ाना चाहता हूँ तो भी एक सम्मानजनक दूरी तो रखना ही चाहता हूँ।

अचानक न जाने कैसे शर्मिष्ठा का प्रसंग चल पड़ा। पिछले डेढ़ साल से मैंने उसके बारे में एक शब्द गलती से भी नहीं सुना था। अनुपम ने बतलाया, शर्मिष्ठा ने गैलरी बेच दी है।

"अच्छा," मुझे कोई आश्चर्य नहीं हुआ।

"जानते हैं, क्यों?"

"चली नहीं होगी।" मुझे इसमें सोचने की कोई जरूरत महसूस नहीं हुई।

"नहीं! और अन्दाज लगाइए।"

"मियाँ-बीवी में सुलह हो गई होगी।" मेरी केजुअलनेस बरकरार रही।

"जी नहीं।"

"तब?" उसने वाकई मेरी उत्सुकता जगा दी थी। वह किसी किस्सागो से कम साबित नहीं हो रहा था। दाल में जरूर कुछ काला है, अब मुझे खटका था।

"न्यूयार्क चली गई है।"

"न्यूयार्क?"

"जी हाँ! ब्रेगांज़ा के साथ।" उसके चेहरे पर अजीब-सा भाव था। कुछ हिकारत, कुछ अवमानना से भरा।

"अरे!" मैं चकित रह गया था। और गलती से पूछ बैठा, "तुम्हें बुरा लगा?"

"आप जानते हैं, मैं औरतों को पसन्द नहीं करता। इस पर भी ऐसा प्रश्न पूछ रहे हैं। ऐनी केस, दे आर फिकल माइंडेड। वैसे भी, मेरा क्या लेना-देना है? शी यूजेज हर बॉडी ऐज कैरियर। शी इज़ ए क्रॉस बिटवीन ए व्होर एंड ए हाउस वाइफ।"

अनुमान नहीं था कि वह इतनी हिंसक प्रतिक्रिया करेगा।

मुझे अफसोस हुआ। व्यक्तिगत स्तर पर भी। एक आखिरी सम्भावना थी शर्मिष्ठा के साथ, जो खत्म हो गई थी। एडवेंचर ही सही, पर शर्मिष्ठा को वह स्वीकार्य था। और मुझे विश्वास था, समय के साथ सम्बन्ध आवेगों के अपने-अपने टापुओं से निकल कर यथार्थ के महासागर में स्थिर हो जाएँगे।

शेष कामनाएँ

उस जाड़े वे हिन्दुस्तान आए। कई अखबारों में उनके चित्र छपे। यह 'पेज थ्री' के दिनों की शुरुआत थी। साक्षात्कार के दौरान के एक चित्र में शर्मिष्ठा ब्रेगांज़ा से सटी बैठी थी।

अनुपम से मेरा सम्बन्ध अब नाममात्र का रह गया था। जानना चाहता था, क्या शर्मिष्ठा मिली? मिली तो क्या बातें हुईं? न उसके घर फोन था और न ही वह किसी दफ्तर में रेगुलर काम करता था। यानी फोन पर सम्पर्क सम्भव नहीं था। हाँ, उसके अड्डों में जाकर किस्मत आजमाई जा सकती थी। कुछ मेरे देखे हुए थे, कुछ के बारे में सिर्फ सुना था। एकआध लोगों को भी मैं जानता था। यानी, दो-एक शाम बर्बाद कर उसे ढूँढ़ निकाला जा सकता था, जो कठिन काम था पर असम्भव नहीं, बशर्ते वह दिल्ली में हो। पर ऐसा कोई वाजिब कारण, जो उसे उसकी असामान्य स्थितियों पर मिलने पर बतलाया जा सकता हो, नहीं था। वह ऐसी दोहरी रूपवाली आत्मा की तरह था, जो सामाजिकता के उजले

और असामाजिकता के अन्धेरे भूमिगत संसार में इच्छानुसार विचरण करता था। जैकल एंड हाइड की तरह। शर्मिष्ठा आई है, मात्र इसलिए उससे मिलना कटे पर नमक छिड़कने से कम नहीं था।

सौभाग्य से एकआध दिन के आगे-पीछे से उसी का फोन आ गया। शाम का तय हुआ।

मैं कुछ ज्यादा ही उत्सुक था। शायद शर्मिष्ठा ने निमन्त्रण दिया हो और मुझे भी साथ लाने को कहा हो। या कम से कम शर्मिष्ठा पर तो बात होगी ही। लेकिन उसने जो कहा, वह कुछ और ही था।

"मैं मुम्बई जा रहा हूँ। एक ब्रिटिश एड कम्पनी टी.एम-थॉमसन एंड ग्लोरी आ रही है जो इंटरनेशनल लेवल पर स्टाची एंड स्टाची की टक्कर की है, उसने बुलाया है। वैसे लियो बर्नेट से भी बात हुई है पर ये क्रिएटिव डाय्ररेक्टर बना रहे हैं।"

वहाँ भावात्मक उतार-चढ़ाव का कोई चिह्न नहीं था।

मैंने जमकर बधाई दी। मुझे वाकई खुशी हुई थी।

चाय पीते हुए बोला, "आप भी मुम्बई आने की सोचो। अगर इस इंडस्ट्री में रहना है तो अन्ततः मुम्बई आना ही होगा। दैट इज द एडवर्टाइजिंग कैपिटल!"

"आप जा ही रहे हो, थोड़ा जम जाओ मैं भी आ जाऊँगा।"

"वायदा," उसने हाथ बढ़ाते हुए कहा।

मैंने हँसते हुए उसका हाथ थाम लिया। वह देर तक उसे कसकर थामे रहा।

मुझे याद आया, "आप आत्मकथा लिख रहे थे! उसका क्या हुआ?" मैंने कई बार उससे कहा था, तुम्हारे अन्दर लेखकों वाली प्रतिभा है। तुम्हें लिखना चाहिए। शायद यही कारण था गल्फ से अपने विरल पत्रों में से एक में उसने लिखा था, आपके कहने के मुताबिक आजकल आत्मकथा लिखने की कोशिश कर रहा हूँ। लिखना एक अजीबो-गरीब प्रक्रिया है, अभिव्यक्ति के साथ-साथ अपने को समझने

की भी। व्यक्ति की स्वतन्त्रता के साथ ही समाज की सहिष्णुता को परखने और समझने का माध्यम। सब कुछ के बावजूद बड़ा मुश्किल है कि कोई अपने को किस हद तक उघाड़े या किस हद तक ओट में रखे? कितना ही कैथारसिस हो अगर इसने किताब बनना है तो इसके सामाजिक पक्ष से इनकार कैसे किया जा सकता है। जो कुछ मैं हूँ या जो मैंने जिया है उसमें दूसरे की क्या रुचि हो सकती है या किस सीमा तक हो सकती है, यह बंदिश तो रहेगी ही।''

''हर आदमी की जिन्दगी किसी न किसी हद तक विशिष्ट तो होती ही है। देखने की बात सम्भवतः यह होती है कि हमारे अनुभवों का सामाजिक महत्त्व और प्रासंगिकता क्या है? मात्र विशिष्टता काफी नहीं होती।''

हाँ, आप सही कह रहे हैं पर मैं जो कुछ भी हूँ अन्ततः सामाजिक सन्दर्भों का ही तो परिणाम हूँ। क्या ऐसा नहीं हो सकता कि जो अनुभव आज अत्यन्त विशिष्ट या विचित्र नजर आते हों वे समाज के बदलाव के प्रतीक हों और आगे चलकर ज्यादा व्यापक हो जाएँ?''

वह मेरी बात का इशारा समझ गया था पर उसकी बात में दम तो था ही। अनुभव अन्तिम कैसे हो सकते हैं, सोचने की बात थी।

''एक ड्राफ्ट गल्फ में ही पूरा कर लिया था। पर अब वह आत्मकथा के रूप में नहीं है। नाउ इट इज ए नावेल।'' उसने बात ही बदल दी। एक मामले में वह साफ था और वह था उसकी ईमानदारी का पक्ष—अपने तईं भी और लोगों के प्रति भी। जहाँ वह सच नहीं निभाने की स्थिति में होता था, रास्ता बदल लेता था।

''यह ठीक है।'' मुझे विचार पसन्द आया। उपन्यास में वह स्वयं को बिना उघाड़े, गल्प की आड़ में जो चाहे कह सकता था। मुझे लगा उपन्यास है ही मजेदार विधा, सच को सत्य और असत्य से परे कर देने वाली। असत्य यानी कल्पना को सच की तरह कहने वाली। पर सम्भवतः यह सभी कलाओं का गुण है जो उपन्यास में औरों से कुछ

ज्यादा ही है।

"क्या अंग्रेजी में है?" मैंने यों ही पूछा।

"नहीं, नहीं, अंग्रेजी में नहीं।"

मैंने बीच में ही टोका, "अरे अंग्रेजी में लिखना चाहिए था। देख रहे हैं कैसा तूफान आया हुआ है भारतीय अंग्रेजी लेखन का। एक सलमान रुश्दी और सही।" और हँसकर जोड़ा, "एक उपन्यास अगर हिट हो गया तो सारी जिन्दगी के राशन-पानी की चिन्ता से मुक्ति समझो।"

उसने मेरी बात की अनदेखी करते हुए कहा, "अंग्रेजी में वह बात नहीं आ सकती जो अपनी भाषा में आती है। मैं इसे क्यों लिख रहा हूँ, खुद मुझे नहीं पता। कम से कम राशन-पानी के लिए तो कतई नहीं है।"

"अगर हिन्दी में है तो मैं भी देखना चाहूँगा।"

"अभी काम कर रहा हूँ। पूरा तो होने दीजिए।"

"कुछ तो सुनाते।" मेरी उत्सुकता जाग गई थी। उसके लेखन के लिए नहीं, अनुपम नाम के आदमी की गुत्थी सुलझाने के लिए जिसके कई ऐसे संकेत चिह्न में जानता था जिससे उसकी पूरी पहेली सम्भवतः खुल सकती थी।

"थोड़ा रुक जाइए," उसने कुछ ऐसे अन्दाज में कहा मानो बेवजह की पीड़ा से बचना चाहता हो।

मेरी हिम्मत और आग्रह की नहीं हुई।

उठने से पहले अचानक बोला, "मेरे पास पैसे जरा कम हैं। आप फ्रीलांसिंग की समस्याएँ समझते ही हैं। अभी कई पेमेंट बाकी रह गए हैं और सारे हिसाब तत्काल निपटाने हैं—मकान से लेकर दुकान तक के। क्या कुछ प्रबन्ध कर पाएँगे?"

"कितने?"

"यही कोई दो-ढाई हजार। क्या हो पाएँगे?"

सारी कोशिश के बावजूद मेरी हिम्मत नहीं हुई कि उससे शर्मिष्ठा की बात करूँ। वह इतना सामान्य था, जैसे कहीं कुछ हो ही न रहा हो। मैंने हमेशा की तरह पैसों के लिए मना नहीं किया। देर हो सकती थी पर वह लौटाने का पक्का था। मौके की बात थी कि उस दिन चेकबुक बैग में थी और महीने का पहला ही हफ्ता हुआ था। चेक काटने से पहले मैंने एक बार फिर पूछा, "कितना दूँ?"

"ढाई हजार दे दीजिए," उसने निर्णायक तौर पर कहा।

वह पहली बार था, जब उसने नहीं कहा कि तनख्वाह मिलने पर लौटा दूँगा। असल में बहुत बाद में मेरी समझ में आया कि उसे लगा था कि मुझे सामान मुफ्त देकर उसने गलती की है। उसने अपने सामान का ठीक-ठीक मूल्य आँका था और उसी हिसाब से पैसे ले लिये थे। एक तरह से यह मुझ से हुए मोहभंग की परिणति थी। भावनात्मक स्तर पर वह मुझ से मुक्त हो गया था। यह सोचना ही एक तरह की राहत थी कि मैं अब उसकी ख्वाहिश की ज़द से बाहर हो चुका हूँ। जिस रस्सी पर मैं एक अरसे से कभी भी गिर जाने की आशंका से लगातार त्रस्त किसी तरह से सन्तुलन बनाए हुए चल रहा था, उस तनाव से बाहर साँस लेना किसी पुराने मर्ज से अचानक मुक्त हो जाने जैसा आनन्ददायक था।

पर नहीं, चाहत के सम्बन्ध इस तरह टूट नहीं पाते, उसी तरह जिस तरह शारीरिक-रचना का हिस्सा बन चुकी बीमारियाँ किसी चमत्कार से या चमत्कारिक तरीके से खत्म नहीं होती हैं।

वह पहला ग्रीटिंग था, जो 1995 के आने के अवसर पर उससे मिला था। मैं थोड़ा हैरान भी हुआ था। वह औपचारिक होता जा रहा था। मैं नहीं जानता इस तरह की प्रतीकात्मकता सम्बन्धों को सातत्य और उष्मा प्रदान करने के लिए होती है या कभी के जीवन्त रहे, पर प्राणहीन हो गए, खुशनुमा सम्बन्धों की स्मृति पर शोक मनाने की रस्म

अदायगी की एक शालीन औपचारिकता। शुद्ध नॉस्टेलजिया! या सम्भवतः एक किस्म का आत्मपीड़क आनन्द, मैंने सोचा।

फोटो था। वाइड एंगल से लिया गया। गोवा के किसी तट का। विशाल निर्जन बीच पर निर्द्वन्द्व सूर्य स्नान करती निर्वस्त्र योरोपीय औरत के सिर से होता हुआ दृश्य समुद्र में खुलता था, जहाँ एक मटमैले रंग का जहाज टेड़ा पड़ा हुआ था। उसका डेक किसी बुझे टीवी स्क्रीन की तरह निर्जीव था। कभी जीवन और सक्रियता के प्रतीक के रूप में धुआँ उगलनेवाली वह चिमनी, जिसके बल पर जहाज ने न जाने कितने समुद्र पार किए होंगे, लावारिस तोप के मुहाने की तरह तनी, डर या सम्मान नहीं बल्कि हमदर्दी का पात्र बन गई थी। वहाँ जहाज कब से था? क्यों था? कहा नहीं जा सकता था। हो सकता है एक अरसे से वहाँ होने के कारण उसका गेरुवापन कोई रंग न होकर खारे पानी और समय की मार से उपजा जंग हो। वह जमीन से टकराकर क्षतिग्रस्त होकर उल्टा होगा या किसी भीषण तूफान द्वारा वहाँ पटक दिया गया होगा? यह भी हो सकता था कि कहीं और हुई दुर्घटना के बाद लाया गया हो?

औरत के धूप के चश्मे का फ्रेम सुर्ख लाल था, और शीशे अपारदर्शी गहरे। लग रहा था औरत कोई सपना देख रही है, बहुत ही निजी और सुरियलिस्टिक-सा। बायीं छोर पर सदाबहार नारियल के पेड़ों का झुरमुट था और दायीं ओर दो कदम बढ़कर समुद्र से छेड़खानी करती चट्टान की ओट से एक याट अपने त्रिकोणी पाल के साथ गुपचुप प्रवेश कर रही थी। समुद्र शान्त था, गहरा नीला। आकाश पर पेस्टल हलकी नीलिमा किसी पारदर्शी पोलेथिन चादर की तरह तनी हुई थी। कौन-सा समय हो सकता है? मैंने अनुमान लगाने की कोशिश की पर किसी निश्चित नतीजे पर नहीं पहुँच पाया।

सुबह भी हो सकती थी।

शाम भी।

और शायद दोपहर भी।

अजीब बात थी, चित्र में मतीस की पेंटिंग की तरह बहुत सीमित डिटेल्स थीं, पर अपनी आउट लाइनों में भी हर ऑब्जेक्ट जीवन्त था—रंगों, रेखाओं और अभिव्यक्ति का चरम सन्तुलन। रंगों के विशाल टुकड़े जो एक ऐसा एब्सट्रेक्ट स्पेस बनाते थे जहाँ हर चीज आकारों के ठोस और शून्य के खेल में शामिल हो चित्र को सजीव बना रहे थे। वहाँ छिपी कथा की जिग्शा पहेली के उलट-पलट टुकड़ों को व्यवस्थित कर उसे उद्घाटित करने के लिए मन बेचैनी से भरता जा रहा था।

फोटो के पीछे काले स्कैच पैन से मोटे अक्षरों में लिखा था :

"हमने जैसा समाज बनाया है उसमें मेरे लिए कोई जगह नहीं होगी, कोई गुंजाइश नहीं; लेकिन प्रकृति होगी जिसकी मधुर बूँदें सही और गलत सब पर समान रूप से पड़ती हैं, चट्टानों में कन्दराएँ होंगी जहाँ मैं छिप सकूँगा, और गुप्त वादियाँ होंगी जिनकी खामोशी में मैं बिना किसी व्यवधान के रो सकूँगा। वह तारों के साथ होगी जिससे कि मैं अन्धेरे में बिना ठोकर खाए चल सकूँगा और हवा को मेरे पैरों के निशानों के ऊपर से गुजार देगी जिससे कि कोई मेरे घाव तक न पहुँच सके—वह मुझे अपने विशाल जल से धो देगी, और कड़वी बूटियों से मुझे सम्पूर्ण बना देगी।"

किसी का उद्धरण था। पर न जाने किसका। नीचे लिखा था, अपार स्नेह के साथ, प्यारे विक्रम जी के लिए, अनुपम।

पिक्स : रॉब।

रॉब से क्या बना? रॉबसन या राबर्ट या रॉबिन। यहाँ तक कि किसी रवि या रणवीर को भी मैं नहीं जानता था। कौन था वह फोटोग्राफर। उसका कोई नया मित्र या फिर फोटो खरीदा हुआ था रॉब नाम के शौकिया फोटोग्राफर से। जो भी हो, फोटोग्राफर निश्चय ही जबर्दस्त था। फोटो का फुल साइज प्रिंट हासिल किया जा सके तो कितना अच्छा हो, मैंने

सोचा था। मैं उसका आभार भी प्रकट करना चाहता था। पर किसी का कोई पता नहीं था।

हाँ, यह पक्के तौर पर कहा जा सकता है कि अनुपम नए साल की पूर्व संध्या गोवा में ही रहा होगा।

सस्नेह...

मैंने पेंटिंग मिसेज कुमार को देनी चाही।

"यह क्या है?"

मैं अब तक उसका रैपर उतार चुका था। एक मिनट की स्तब्धता के बाद मैंने पेंटिंग को नए सिरे से देखते हुए कहा, "अनुपम का पोट्रेट है।"

"अनुपम का?" वह उसे गौर से देखने लगीं। "ऐसा कैसे हो सकता है? आपने उसे हाल ही में देखा है?" उन्होंने उल्टा प्रश्न किया।

मैं कहना चाहता था, इसे अनुपम ने विशेषकर मेरे ही लिए बनवाया था, लगभग सात वर्ष पहले। पर उनकी बात ने मुझे स्तब्ध कर दिया था।

"यह तो किसी लड़के का चित्र है। ही इज ए डिफरेंट परसन।"

"यह आपके लिए है।" मैंने किसी तरह कह ही दिया। तब वह ऐसा ही था, मैं चाहते हुए भी कह नहीं पाया था।

"मैं इसे लेकर क्या करूँगी। वैसे भी इसे जिस आर्टिस्ट ने बनाया है वह या तो अच्छा नहीं था या जैसा कि मैं कह चुकी हूँ चित्र ही किसी और का है। मैं ज्यादा कला को समझती भी तो नहीं हूँ।"

दिल हुआ पेंटिंग के नीचे किए अनुपम के दस्तखत दिखला दूँ। फिर लगा वाकई चित्र में कोई जबर्दस्त कमी है। सम्भवतः जिस तरह का कैशोर्य उसके चेहरे पर 38-40 साल की उम्र तक में नजर आ रहा था, वह नहीं आना चाहिए था। पर याद आया कि वास्तव में कैशोर्य-आभा देर तक उसके चेहरे पर रही थी। सिर्फ पहली बार जब वह गल्फ से लौटकर आया था बढ़ती उम्र के निशानों ने उभरना शुरू कर दिया था। वह चिर कैशोर्यपन न जाने कहाँ गायब होने लगा था। तो क्या यह पेंटिंग उस बिखरते सौन्दर्य का अन्तिम दस्तावेजीय साक्ष्य थी?

ऐसे किसी अमूर्त और अनजाने अभिशाप की तरह जिसका कोई प्रायश्चित नहीं है, लगा पेंटिंग ने मेरे ही साथ रहना है।

"आप हाल में कब मिलीं?" मेहता ने कुछ आश्चर्य से पूछा था।

"अभी पिछले ही महीने तो गया है।"

"कहाँ?"

"मनामा! और कहाँ जाएगा। वर्षों से वहीं है *खलीज टाइम्स* में। रेजिडेंट एडीटर हो गया है। कल ही चिट्ठी आई है। ठहरिए दिखलाती हूँ।"

मैंने रोकना चाहा पर तब तक वह अन्दर चली गई थीं।

हम दोनों अवाक एक-दूसरे का मुँह देख रहे थे। समझ नहीं आ रहा था, हो क्या रहा है। कोई इन्द्रजाल था--जादूई माया जैसा कुछ।

जब वह लौटीं, उनके हाथ में एक खुला पत्र था। उन्होंने पढ़कर कुछ पंक्तियाँ भी सुनाईं, माँ में आराम से पहुँच गया था। इधर व्यस्तता ज्यादा है इसलिए जल्दी लिख नहीं पाया। फिर उन्होंने पत्र हमारी ओर बढ़ाया। मेरा हाथ हिल तक नहीं पाया, जैसे किसी ने पकड़ लिया हो।

अन्ततः पत्र मेहता जी ने थामा। काफी देर तक देखने के बाद बिना एक भी शब्द बोले मुझे देना चाहा। मेरा हाथ अब भी जकड़ में था।

''बीच-बीच में वह आप लोगों को भी याद करता है। विशेषकर विक्रम जी को। आपका वह बड़ा सम्मान करता है। बड़ा भाई मानता है।''

''जी!'' मैंने कहा, ''ही वाज वेरी नाइस टु मी। यह उसका मेरे प्रति प्यार था। वरना आजकल तो सगा भाई नहीं पूछता।''

''जी हाँ, वह आपका बड़े भाई की तरह सम्मान करता है। आपको तो लिखता ही होगा?''

''जी!'' मैंने अपनी बात बीच में ही छोड़ दी। पत्र मेहता जी के हाथ में हौले-हौले फड़फड़ा रहा था। उसे देखकर ही डर लग रहा था, मानो कोई विषाक्त चीज हो, एंथ्रेक्स जैसी। हाँ, नजर जरूर डाल़ ली थी। अंग्रेजी में था, घसीट में, छितरी-सी लिखावट वाला। पढ़ने की जरूरत थी भी नहीं। कम से कम मुझे। उठते हुए मैंने मेहता जी से पत्र लेकर मिसेज कुमार को सौंप दिया।

फिर हम ने विदा ली।

उन्होंने कहा, ''अगली बार सुमित्रा और बच्चों को लेकर आओ। छुट्टियाँ यहीं बिताओ, मेरे साथ। इतना बड़ा घर है, कोई दिक्कत नहीं है। यहाँ से केदारनाथ और गोमुख जा सकते हैं। मुझे मालूम है आप धार्मिक नहीं हैं। पर घूम तो सकते ही हैं। प्रकृति का अपना ही आनन्द है। और भी कई जगह हैं चकरौता, मसूरी।''

''जी हाँ, जरूर।''

''जल्दी आइए। न जाने कब तक हूँ।'' वह मुस्कराने की कोशिश कर रही थीं।

''ऐसा क्यों कह रही हैं,'' मैंने सौजन्यता से कहा।

''अरे भई जिन्दगी का क्या भरोसा। वैसे भी हाइपरटेंसिव हूँ। ऊपर से डॉयबेटिक। चाहती हूँ एक बार आप सब आएँ। बच्चों को

देखना है। अनु कहता है बड़े प्यारे हैं।"

मेरा दिल भर आया। वह न जाने कब की बात कर रही थीं। अनु ने कब कहा था, आठ साल पहले या सात साल पहले! बच्चे जवान हो चुके थे। लड़की मेडिकल में थी और बेटा आर्ट का डिग्री कोर्स कर रहा था, मेरी ही तरह।

"आप जानते ही हैं," वह कह रही थीं, "अनु का आना न आना बराबर है। आएगा भी तो न जाने कब। मैं रहूँगी भी या नहीं। आया भी तो कितने दिन के लिए। फिर उसने वहाँ शादी कर ली है।"

"किससे?" मेहता ने विस्फारित आँखों से पूछा था। मुझे मेहता जी पर खीझ उठने लगी थी।

"आप नहीं जानते? शर्मिष्ठा से!" मिसेज कुमार ने आश्चर्य से मेरी ओर देखते हुए कहा।

किसी तरह अब तक मैं पेंटिंग सम्भाल चुका था। सीने में अजीब दबाव-सा महसूस होने लगा था। फिर कुछ गले में भी अटकने लगा। बिना बोले मैंने उन्हें झुककर प्रणाम किया। वह भी हमारे साथ बाहर निकलीं। अचानक मेहता जी की तरफ मुड़कर बोलीं, "आप पूछ रहे थे न पिछली बार कब आया। ये देख रहे हैं न, ये कैक्टस," उन्होंने दरवाजे के किनारे रखे गमले की ओर इशारा करते हुए कहा, "इस बार लाया था। ईस्टर कैक्टस है। जाड़ों में ही खिलता है। विक्रम तो जानते हैं कि वह कैक्टस का कितना प्रेमी है।"

मैंने सिर हिलाया। दिल्ली के घर में भी उसने कई गमलों में कैक्टस लगाए हुए थे। कइयों के नाम भी बतलाए थे–फिशहुक, चिन, आर्चिड और ओल्डमैन कैक्टस मुझे अभी भी याद हैं। याद तो मुझे कुछ और भी आ रहा था। उसका फ्रैंडी मर्करी के प्रति एडमिट्रेशन जिसकी मौत में कहीं उसे अपना अन्त तो नहीं दिखलाई देता होगा?

आसपास फैले उन अनअटैंडेड, बिना सँवरे कैक्टस अपना सौन्दर्य, अपनी पहचान बेतरतीबी में खो चुके थे। वे न अपने जंगली

रूप में थे, न ही उनकी कोई देखभाल हो रही थी। अनुपम ने ही मुझे बतलाया था, कैक्टस नई दुनिया से आए हैं। उसने सफेद रेशों से ढके एक पौधे की ओर इशारा करते हुए कहा था, "इस ओल्ड मैन को देख रहे हैं, कैसा झुका खड़ा है मानो आगे बढ़ने के लिए सहारे की प्रतीक्षा में हो।"

मैं हँसा था, ओल्ड मैन?

"वाकई इसका नाम ओल्ड मैन है। कैक्टस बहु उपयोगी पौधा है। दक्षिण अमेरिका के शुष्क और रेतीले इलाकों में भोजन और पानी के भी काम आता है।"

मेरी समझ में उसका यह अजीबो-गरीब प्रेम कभी भी नहीं आ पाया था।

"मैं इन्हें इसलिए प्रेम करता हूँ कि ये कठिन मौसम में जीना जानते हैं। इनकी प्रगति, इनका खिलना और बढ़ना जिस मन्थर गति से होता है उसे देखने के लिए थोड़ा धैर्य चाहिए। दे आर नाट फ्लेमबॉयंट लाइक एनी ट्रॉपिकल प्लांट।"

"आपको तो उसने कई गमले सौंपे थे!" मिसेज कुमार ने अचानक कहा।

"जी!" मैं और कुछ नहीं बोल पाया था। वे गमले बचे नहीं हैं, कहने की हिम्मत नहीं हुई। फिर हम मुम्बई भी शिफ्ट कर गए थे।

"कुछ तो होंगे।" जैसे उन्होंने भाँप लिया था। आखिर टीचर रही थीं। होम वर्क न करके आनेवाले बच्चे का बिना एक शब्द बोले ही पता लगा लेनेवाली।

"जी!" मैंने दुहराया।

एक मायने में थे भी। एक हेजहॉग खत्म नहीं हो रहा था और सुमित्रा उसे गमले से निकाल कर मुम्बई साथ ले आई थी जहाँ वह दुनिया से बेखबर अपनी ही गति से चल रहा है। उसका कहना था,

नागफनी है। हमारे यहाँ मकानों की छत पर रखते हैं। इससे छल-छिद्र दूर रहते हैं।

"कभी आपसे लेने आ सकता है।" वह मुस्कराई थीं। फिर बोलीं, "वैसे हमारे पास काफी हैं। पर आप जानते हैं उसे कैक्टस बड़े पसन्द हैं। अपने पौधों से उसे बहुत प्यार है।"

"जी," मैंने कहा था और अन्तिम बार विदा लेने से पहले पूछ ही लिया, "अनुपम एक उपन्यास लिख रहा था।"

"मुझे नहीं पता, आप उसी से पूछिए न।" उनके भाव में अजीब तटस्थता थी। फिर कुछ पूछने की हिम्मत नहीं हुई।

हम बरामदा उतरकर कम्पाउंड से बाहर हो चुके थे।

मैं मुड़कर देखना नहीं चाहता था पर गेट बन्द करने के दौरान नजर मिल ही गई। बारामदे में खड़ी वह हाथ हिला रही थीं। शायद उन्होंने दोहराया था, बच्चों को लाना जैसा कुछ।

हम फिर से रणबाँकुरों की गली में थे। पर इस बार हम इधर-उधर न देखकर विगत के भार से बोझिल उस गली से, जितनी जल्दी हो सके, बाहर निकल जाना चाहते थे।

कुछ देर की चुप्पी के बाद मेहता बोले, "तुम्हें लैटर किसने लिखा था?"

मैं कुछ बोल नहीं पाया था।

"राइटिंग पहचानते हो?"

मैंने कहा, "हूँ!"

"तुमसे किसने कहा था?"

मैं कुछ कहता, पर उनका वाक्य पूरा होने से पहले ही भावात्मक सैलाब के कारण मेरी रुंधी आवाज सिसकियों में बदल गई। वह मुझे अवाक् देखते रहे। उन्होंने गिरती पेंटिंग को मेरे हाथों से ले लिया। किसी तरह मैंने अपने को नियन्त्रित किया पर बतलाया नहीं कि चार

साल पहले का पत्र किसका था। कि वह डूब गया है। लिखा था, उसकी हत्या की गई है। एक्सीडेंट नहीं हो सकता। वह स्वीमिंग ट्रंक में नहीं था, बल्कि अंडरवीयर पहने था। और अजीब बात यह है कि उसने मोजे पहन रखे थे। क्या कोई मोजे पहनकर नहाने जाता है?

क्या हत्या हो सकती है? मैंने तब भी सोचा था पर अब सवाल पूछने का अर्थ नहीं रह गया था।

मैं दादर के उस मकान में भी गया, जहाँ वह मुम्बई में रहा था। पता चला, जो भी थोड़ा-बहुत सामान था, उसके जीजा जी ले गए थे। यह भी कम विडम्बना नहीं थी कि मैं मुम्बई तब पहुँचा था जब वह नहीं रहा था, छह महीने बाद। पर मैं गया उसी के कारण था। उसी ने मेरी सिफारिश की थी। कम्पनी भी वही थी, जिसमें वह काम कर रहा था। पर गोवा जाने से पहले वह उसे भी छोड़ चुका था। क्या उसका उपन्यास उस सामान में नहीं होगा?

"तो क्या राइटिंग...?" मेहता उस धुन्ध से निकलने के लिए झटपटा रहे थे। मुझे आश्चर्य हुआ राइटिंग तो उनकी भी देखी हुई थी।

"कह नहीं सकता," मैंने जितना सम्भव हो सकता था, निरपेक्ष भाव से कहा था।

उन्होंने मुझे देखा। चेहरा पढ़ने की कोशिश की। सम्भवतः निर्णय कुछ नहीं कर पाए। मैं सामान्य हो चुका था।

उसकी राइटिंग मैं निश्चित ही पहचानता था।

●●●